एक पंक्ति के लिए

(कविता संग्रह)

एक पंक्ति के लिए

प्रिया वर्मा

प्रलेक प्रकाशन

प्रलेक प्रकाशन

PRALEK PRAKASHAN

मुख्य कार्यालय : 702, जे-50, ग्लोबल सिटी, विरार (वेस्ट), मुम्बई, महाराष्ट्र-401303

दिल्ली एनसीआर ऑफ़िस पता : 03/सी, ज्ञान खण्ड-4 इंदिरापुरम गाजियाबाद, उ.प्र.-201014

E.mail : pralek.prakashan@gmail.com

Website : www.pralekprakashan.com

दूरभाष : +91 7021263557

एक पंक्ति के लिए - प्रिया वर्मा

Ek Pankti Ke Liye : Priya Varma

ISBN : 978-93-5825-91-80

प्रथम पेपरबैक संस्करण : 2026

पुस्तक सज्जा : प्रलेक स्टूडियो

आवरण :

"White Moth and Brown Leaf" by the Japanese artist Tetsuhiro Wakabayashi.

(प्रलेक प्रकाशन का लोगो मिक्की पटेल की तूलिका से।)

समर्पण

*पिता की स्मृति में *

One lives in the hope of becoming a memory.

Antonio Porchia

भूमिका :

अब तक बीती उम्र मैंने बहुत बेचैनी और उदासी से उभरते अवसाद में बिताई। अब भी कुछ बदला नहीं सिवा इसके कि मुझे अपनी अनुभूति के पाँवों को समय की नदी में भिगोने के लिए एक घाट मिल गया है। वह घाट कविता का है। जहाँ किसी-किसी दिन अनायास जाने कब चली जाती हूँ। लौट आती हूँ तब समझ आता है कि कविता के सान्निध्य से कुछ बदली हुई लौटी हूँ।

कविता जैसे रेशम का कीड़ा है और यह जन्म शहतूत के पेड़ की तरह है जिसका एक-एक पत्ता मेरा एक-एक दिन है।

कविता ने मुझे मेरे दिन के अवसाद सहित कुतर- कुतर कर खाया है। इस तरह मेरे हर शब्द को बेशकीमती बनाया है। इस रेशम से मैं एक उजला वस्त्र बना सकी तो रख जाऊंगी यहीं कहीं, इसी संसार में।

कोई होगा मेरे जैसा, आने वाले दिनों में, घाट पर जो समय की नदी में पाँव भिगोने आएगा, सम्भवतः उसके लिए है यह उजला दुशाला जिसके ऊपर मेरी इच्छा का नाम अंकित है - एक पंक्ति के लिए... ।

प्रिया वर्मा

27/12/2025

लखनऊ

अनुक्रम

1. मुझसे नहीं होगा

(शीर्षक श्रीकांत वर्मा की प्रसिद्ध कविता 'समाधि-लेख' की पंक्ति के अंश से अनायास ही मेल खा गया है। प्रिय कवि से क्षमा सहित)

हर बार कोई जादू मुझसे नहीं होगा
यह भी नहीं कि नमक के स्वाद के लिए समुद्र के खेत की कल्पना में प्रेम का
प्राण फूँक दूँ-
नहीं होगा।
साँस कहाँ से लाऊँ अतिरिक्त
इतनी शक्तियों की?
जितना जन्मा था जादू, सब इन खाली जगहों में भर गया है
एकांत साझा बचत खाते-सा हो गया है।
स्मृति होकर चला आता है क्या-क्या
सिर उठाए धड़धड़ाता बिन खटखटाए
अच्छा है कि स्पर्श अभी सभ्य नहीं हुआ है
जन्म, मृत्यु और भय की तरह
प्रेम हो गया है।
दीवार की जैसे अपनी नब्ज़ है
सपना है
बीता समय बिछ जाता है तलवों की नदी के नीचे बनकर बिस्तर
मगर एक छुट्टी नहीं
ऐसा कोई दिन नहीं कि जिसमें सो सकूँ
आठ घण्टे बेखटक
खो सकूँ अकेले में
किसी घाट मेले में
जाऊँ भटक देह में तुम्हारी
कि तुम्हारे कपार के सिवा
अब मैं कहीं और नहीं रहती

तुम्हारा मस्तक है
जिसमें मुझे मेरा पता मिल गया है
जबकि अपने अदद घर का पता नहीं है पता
एक कस्बाई शहर में भागते-देह में घूमते
पांच लीटर खून भी अब गाढ़ा हो चला है
दिल इतना भर गया है कि भारी हो चला है
भाषा में कहूँ तो थकने लगी हूँ।
शब्द राह भूले अगर लौट आए हों घर के भीतर
खुद को कोसने से भी क्या होगा
कि मुझसे नहीं उठाया जाता अब
ख़ुद-मुख़्तारी का जोख़िम
कहीं किसी धर्म की होकर न रह जाऊँ
हो जाऊँ धूल धूसर
जैसे चंद्रमा किसी पूर्णिमा का
पूरा खिला फूल धीरे धीरे भूलता हुआ
किसी गलती का रंग
लाल-गुलाबी-सफ़ेद-मटियाला पड़ता हुआ
मिट जाता है होना इस जादू का भी एक दिन
फ़ोन की घंटी पर साथी की ख़ैरियत पूछने का जादू
तारों की छांह में पुरखों को सोचने का जादू
बादलों के भार में अपनी रुलाई ढूंढने का जादू
आँखों में झाँकने का जादू
खुद को आँकने का जादू
अब मुझसे नहीं होगा

2. एलीट

एलीट नहीं हूँ तुम्हारी तरह
कि ठहर कर दिन भर तुम्हारे ही बारे में सोचती रहूँ।
तुम्हें बचाऊँ अचार की बरनी में तेल की तरह
तुम्हें धूप लगाऊँ चांदनी में बिछाऊँ केशो में उलझाऊँ
तुम पर कोमलकांत पदावली लिखूं
सोचूं कि काश तुम मिल जाते जो कि हमेशा सोचती हूँ
जानते हुए भी कि तुम कहीं नहीं मिलोगे
जो मिल जाओ तो समझ में आऊँ--और
...समझाऊँ कि देखो और देखकर मुझे--
देखते जाओ मेरी सख़्त पड़ती जाती हथेलियाँ
देखो मेरे ठूंठ होते तलवे
देखो मेरी श्वेत बनती काकुलें
देखो मेरी सूखती नर्मी
मेरी भागदौड़ देखो,
देखो मेरे घुटनों के चटखने का स्वर
देखो मेरा देखना भी
देखो वक्त का पाबंद होना न होते हुए मेरा
सुबह के अलार्म से पहले हड़बड़ाकर जागना
देखो नींद में मेरी गलग्रंथि का बड़बड़ करना
देखो कितना सिकुड़ चुका है संसार मेरा
देखो असार या भूलने जैसा कुछ नहीं है मुझमें
क्योंकि सत्व नहीं है, स्मरणीय नहीं है मेरा अतीत
देखो अभिमान करने जैसा कुछ नहीं मेरे पास
न कद न केश न काया न भाषा न स्वभाव न
आत्म-मुग्धता और न बौद्धिकता ही

देखो मुझे मैं एलीट नहीं हूँ तुम्हारी तरह
देखो मुझे प्रेम करने की आज़ादी नहीं मिली है अभी
जबकि कहने को ये लोकतंत्र है, आज़ादी मिले साढ़े पचहत्तर साल हो चुके
फिर भी
देखो मुझे मैं खुलकर नहीं कह सकती नहीं मिल सकती तुमसे
तुम्हारी तरह
नहीं पुकार सकती तुम्हें कि मैं तुम्हारे प्रेम में हूँ
या शायद तुम्हारे मेरे प्रेम करने से प्रेम में हूँ
पर मैं नहीं हूँ तुम्हारी तरह एलीट

3. फ्रेम में प्रेम

अब एक तस्वीर के मार्फत तुम बताओगे
कि किस तरह सूख रहे हो
साल के सबसे क्रूर दिनों में
और दृश्य के इतने हिस्से में जितना हरा है
उसके लिए, मुझे ज़िम्मेदार बताओगे
पौधों से प्रेम करने वाली प्रेमिका के लिए
एक साथ सुंदर और नर्म
लेकिन पुराना रूपक चुनने में
एक कुशल प्रेमी के पास रहती हैं
ढेरों चाबियाँ
प्रेमिका की देह के सारे तालों की
कि धड़ धड़ धड़ धड़... !
जैसे ईमानदार रेल हड़बड़ाए
ठहरे जैसे जुनूनी बादल
या चले जैसे अड़ियल मुसाफ़िर कोई
वैसे तुम
चले आओगे ठीक घुसपैठिए की तरह
और मेरा सारा काम पीछे छूट जाएगा
इन दिनों में
जब हमेशा की तरह राजतंत्र में चल रहा है बंदर-बांट
चल रही है खुलेआम साज़िश
एक हिस्से को घुसपैठिया बताने की
इन दिनों में
तुम्हारी भेजी इस तस्वीर पर
आसक्त होकर मैं

तुम्हें कहीं अपना दिल न सौंप दूँ!
क्योंकि ये अभी धड़का है जो
ये बस एक नन्हा दिल ही है
कोई धड़कता सा छोटा राज्य, मसलन दिल्ली तो नहीं ही है
जो एक पैदलयात्रा के पदचाप से उठती धुंध से धुंधली पड़ी जाती है कि धूप के लिए तरसते
इन दिनों में
पैदल चलता वह आदमी
जो अगुआ है
इस लाव लश्कर का, जिसकी माँ
उसके पिता के प्रेम में किसी विदेश से आई
और रह गई
होकर यहीं की
ऐसे दिनों मे यह प्रेम के पूर्व की कविता है।
जो नहीं है कहीं
सूखते हुए पौधे की तस्वीर के बाहर

4. और से आरम्भ हुई बातें

कि मैं डर रही हूँ
डरने की आदत की रही हूँ गुलाम
पर इस गुलामी शब्द को नुक्ते की बंदिश से बचा रही हूँ
मैं डर रही हूँ इस को उस को हर किसी को खोने से
जानते हुए कि चीज़ें हों या रिश्ते हों या हों नाम हमारी जबान पर
खोने के लिए ही आते हैं
मैं डर रही हूँ कहीं भाषा मे या भावना में मुझसे कोई अपराध न हो जाए
कहीं किसी रँगों भरी अल्पना में मेरा पाँव न पड़ जाए
कहीं कोई ऐसी बात न हो कि मेरी पकड़ ढीली पड़ जाए और गिरह खुल जाए
मेरी आत्मा में बजता विद्रूप संगीत यदि सुनाई दे जाए बाहर के दिलों को
तो कौन बचेगा मेरे पास
कौन करेगा मुझ से आसक्ति
कौन करेगा मेरी आलोचना
कौन उड़ेलेगा मेरे तप्त मन पर बारिश
कौन रहेगा मेरे अंतिम पलों में दो बूंद नमक का पानी गिराते हुए
पछताते हुए कि मेरे डर सही थे।
निडरता ने मुझे भरमाया न होता तो
मैंने गटका नहीं होता दो गोलियों के साथ गैलन भर पानी गिलासों से नापकर
पानी से भी डर है मुझे, ज़मीन से भी डर है।
पलंग से नीचे पांव उतारते भी डर है
भविष्य की कल्पना से और अतीत की याद से
कल से भी और आज से।
मैंने एक थैरेपी के बारे में सुना है
डर से गुजरने और खुद को परखने के लिए देह को समुद्र के गहरे अथाह के हवाले कर देते हैं जिसमें।

डूब जाती हूँ तो
उछाल कर बाहर फेंक देता है समुद्र
अपने डर से मेरा डर मिलाकर
बण्डल बनाकर
मैं किनारे पड़ी रेत पर चमकती हूँ
पर डर अब भी मेरे साथ है।
तब भी जब मेरे साथ कोई नहीं है।
डर से मैंने दोस्ती का अनुबन्ध नहीं भरा
बिना शर्त मुझे सम्भालता भी जाता है और धकेल भी देता है।
डर मुझे मुझसे आगे अन्धा कर देता है। और चौराहे पर ला खड़ा करता है
और से आरम्भ हुई बातें कहीं ख़त्म नहीं होतीं।
डर है कि इन्हें अमृत मिल गया है चखने को
डर को किसी डरावने सांप ने नहीं डसा है
न किसी ज़हरीले बिच्छू ने दंश दिया है
सारी कसर खुद डर ही निकाल रहा है मुझ पर
मुझे अर्द्धमूर्छा देकर आधा सुलाए आधा जगाए रखता है।
यह कोई पौराणिक चरित्र नहीं है
अभिशप्त अश्वत्थामा है
जिसे देखते हो मेरी आँखों मे
यह मैं हूँ। मेरे जैसे और भी हैं। जिन्हें मैं जानती नहीं। जो मुझे नहीं जानते
डर है कि कभी हमारे डर मिलकर विस्फोटक हो जाएंगे।
और शहरों में सन्नाटा बरसेगा।
अकेलापन छीलकर रख देगा यह भी कैसा विषाक्त डर है।
बहरहाल मैं नुक्ते से मुक्त अपनी तरह की ठेठ भाषा में डर कर भी सुरक्षित हूँ।
और से आरम्भ हुई बातें यूं तो बक़वास होती हैं।
पर बक़वास में कुछ सार होता है
थोड़ा-सा प्यार भी होता है
चंद्रमा की पीठ पर लगे हुए घावों की तरह।

5. अल्बर्ट पिंटो को गुस्सा क्यों आता है?

मुझे भी आता है गुस्सा मगर मेरे गुस्से पर फिल्म नहीं बनती
इतना गुस्सा आता है मुझे
कि जब पहली बार चंद्रकांत देवताले की कविता की वह पंक्ति छुई
कि उनकी किस्मत में यह अच्छा रहा
कि आग और गुस्से ने उनका साथ कभी नहीं छोड़ा
तो लगा अच्छा है!
इस घटतौली में मैं ही एक अकेली नहीं हूँ
और भी हैं यहाँ मेरे जैसे
तुम्हें तुमसे ज़्यादा जानने वालों की कमी नहीं है
तो इसलिए शायद
आया होगा अल्बर्ट को गुस्सा।
पिंटो मौसेरे भाई का नाम था जिससे मुझे बहुत प्यार था
भाई जैसा भी होता है प्यार यह मेरे दोस्तों को पता है।
पर भाई और मौसेरा, अपना नहीं
इस बात पर भी आता रहा गुस्सा
क्योंकि अपना भाई होता
तो क्या बहनों को उनकी ससुराल में गालियाँ कुछ कम पड़तीं हैं
मुझे गुस्सा आता है ये भी उन को पता है
अमल में तो इसी व्यवस्था का अंग हूँ
आस्था अनास्था के सिरे वाली झूलती रस्सी पर मैं संतुलन नहीं बांध पाती
बस गुस्सा आ जाता है
जब गुस्सा आता है तब कई बार बेढंगी बात की शक्ल में कविता आती है
कई बार भूख मर जाती है
कई बार रोना मर जाता है
और

अल्बर्ट के गुस्से में पिंटो नाम के शख़्स की सूरत की अदल बदल की ज़िद में
भूल जाती हूँ कि
आखिर गुस्से का स्वाद चखने वाली एक नन्हीं गोली
चूसने वाली होने के बावजूद
मैं गिलास भर पानी के साथ निगलती हूँ
साथ में और क्या क्या निगल जाती हूँ
निगली हुई वे चीज़ें अंधेरे में उगलती हूँ
और फिर उन्हें-उन सब को
गुस्सा आ जाता है
जाने उस पर, जाने खुद पर या जाने किस पर
पर मेरी कहानी में क्लाइमेक्स नहीं आता
जबकि मुझे भी अल्बर्ट पिंटो के जैसा गुस्सा आता है
शायद इसलिए कि मेरा नाम अल्बर्ट पिंटो नहीं
शायद इसलिए कि मेरे नाम में हर पुरुष को उसकी प्रेमिका मिल जाती है
शायद इसलिए कि एक प्रेमी नहीं मिलता मुझे
या शायद आदत ही मेरा स्वभाव बन गया है
और चंद्रकांत देवताले ने मेरी आदत को फैलने फूलने के लिए नहीं
अपने लिए लिखी वह कविता
यकीनन कविता लिखने वालों के जीवन में प्रेमी नहीं आता
गुस्सा आता है।

6. दूर के भाई

दूर के भाई थे सारे
भाई जिन्हें देखे-आवाज़ें सुने उनकी-बरसों हुए-
उनकी याद आती है-तो साथ आती हैं अनेक इच्छाएँ
दूर के भाई ही थे-जिन के साथ खेले-उन्मुक्त खेल
जब बाहरी लड़कों से वर्जनाएँ थीं
उन्हीं दिनों में वे धड़ल्ले से चले आते थे,कमरे भीतर तक
बारिश में छत से गिरते परनाले से झमाझम बहते मटियाले पानी के नीचे अधनंगे
चिल्लाते धूम मचाते खुली छतों पर गर्मियों की तपती हुई रातों में लोटों पानी उलीचते
फिर दरी और खेस बिछाकर सिमट कर लेटते
घड़ियों के नाम पर थी एच एम टी और शाम होते ही वह भी
किसी काम की नहीं।
शेखचिल्ली के किस्से और गुड़ जैसी मीठी जगहों के सफरनामे--
वे साइकिल के डंडे पर आगे बिठाते और गन्ने की ट्रॉलियों के पीछे सरपट दौड़ते
खींच लाते दो गन्ने और गड़ेरियाँ चूस-चूस शरारतों की नई योजना बनाया करते
सिक्का तो कभी बिच्छू घास का खेल खेलते
कभी चोटियाँ बांध देते निवाड़ से
चिढ़ाया करते साथ हँसते लोट-पोट होते डाँट से कभी बचाते नहीं
कभी-कभार मिलते तीज-त्यौहार, छुट्टी के दिनों में।
चिट्ठियों में कभी नहीं लिखते कि याद आती है तेरी। बल्कि न चिट्ठी लिखते न कभी मिलाते फोन
जब मिलते तभी मिलते
दूर के भाई थे जो राखी के दिन आगे करते कलाई
कहते-ले पहले तू बांध!
तेरी रक्षा करेंगे हम... क्योंकि तू सब में प्यारी है हमें सबमें!

विवाह में दौड़ा किए रात-दिन लगातार
सप्ताह भर तक
जबतक विदाई के समय लाल डोरे वाली आँखें छुपाए चिढ़ाते रहे दूर के भाई
दूर की बहनों को।
दूर की बहनें जो दूर होने के बाद
पास कभी नहीं आईं
जैसे साइबेरियन पक्षी
जो लौटते तो हर बरस हैं पर लौटने की जगहें बदल जाते हैं
दूर के रिश्ते दूर तक न जाकर- पास और पास के रिश्तों तक
दम तोड़ जाते हैं।
अमराई की खुशबू, कैरी के अचार की महक
परियों और सौतेली माँ की राक्षस जैसी आधी रात तलक चलने वाली कहानियाँ
अब नहीं हैं। न आसपास न दूर और न बहुत दूर
ठीक ऐसे जैसे दूर के सारे भाई अब नहीं हैं कहीं
दूर के भाई कुछ-कुछ प्रेमियों जैसे थे।
प्रेमी की कल्पना करने के सांचे थे दूर-दूर के भाई।
जिनसे प्रेम तो था, शर्तें नहीं थी।
माने का अनगढ़ मनगढ़ प्यार थे दूर के रिश्ते के भाई।

7. अगर तुम चित्रकार होते

अगर तुम चित्रकार होते
तो अपने ईश्वर से कैसे बताते
मेरे बारे में
कैसे बताते दुनिया को मुझसे तुम्हारे प्रेम के बारे में
कैसे बताते मुझसे कि कैसा दिख रहा था तुम्हारा वह ईश्वर मेरे बारे में तुम से जानता हुआ
क्या वह तुम्हारे जीवन के माफ़र्त मुझे देखकर पृथ्वी पर झाँकता है
तब वह कैसा दिखता है उसके बूढ़े सख़्त रंग लेकिन नर्म झुर्रियों वाले चेहरे को लिए
झुकता हुआ धरती पर
कैसा दिखता है मेरी खिड़की पर बैठा कोई परिंदा
जो शायद तुम्हारा वही ईश्वर है
क्या तुम्हारा ईश्वर कोई बूढ़ा बुजुर्ग है
या कोई अलमस्त जवान हट्टा कट्टा
या कोई इंसानी बच्चा है गुलाबी गुब्बारे
या बैंगनी फूल जैसा
कैसे बताते तुम
कैसे बताते उसे और दुनिया को मेरे बारे में
शायद तुम सफ़ेद कठोर खुरदरे कैनवास पर बिखरते रंगों में मुझे कैद दिखाकर
दुनिया में पिछले रंगकारों को धक्का देकर
खुद आगे निकल जाते
और मेरे नए दुपट्टों के लिए खूब कमाते
लेकिन तुम कवि हो
और यह अच्छा है कि तुम कवि हो
तुम कविता में कहोगे

मेरा हाल ईश्वर से कविता में सुनाओगे
तुम दुनिया को कविताएँ सुनाकर मेरे तुम्हारे प्रेम के बारे में बताओगे
नरेश सक्सेना की चारुशीला,
ज्ञानेंद्र पति की चेतनापारेख
और जीबनानंद दास की बनलता सेन ही क्यों रहें चिरयौवनाएँ
मुझे बताओ कि तुम्हारा ईश्वर
मुझ पर रीझता है तो कैसा दिखता है?
क्या वह इंसान होना चाहता है?
क्या वह धरती पर पैदा होना चाहता है!
मुझे बताओ कि
कहीं वह तुम्हारी तरह कवि तो नहीं हो जाना चाहता!
कहीं तुम्हारा ईश्वर भी
मेरे लिए कविता तो नहीं लिखना चाहता!

8. एक पंक्ति के लिए

इन्हीं आँखों का सामर्थ्य है
कि इन्होंने ऋतुओं को बदलते देखा
धुएँ के शरीर में पलते और बढ़ते देखा-एक सफ़ेद घोड़ा
जो ले आएगा उसे-जिसे देखने के लिए बनी थीं आँखें
देखा बूढ़े हो चले पालतू कुत्ते के नाखून पकते और न बचते हुए-
देखा मोहल्ले के बच्चों के खेलने का मैदान घटते हुए
देखा हर तरह का कालापन सफ़ेद में बदलते हुए
देखा इंसानों को इंसानों में ही घटते-और घटते हुए
भीड़ के यथार्थ में सांस घुटते हुए
इन्हीं आँखों का सामर्थ्य है
कि नींद में भी इन्होंने दृश्य का आतंक सहन किया स्निग्धता की तरह
बुरे और अच्छे का भेद जानते हुए सपने और अतीत को याद रखा
इन्होंने ही दिमाग़ को बताया
कि दिल एक ज़रूरी दृश्य है
इतना ज़रूरी कि सब कुछ-बदल सकता है।
बदला नहीं जा सकता।
विवशता के साथ ब्याही इन आँखों से
इन्हीं आँखों को मैं देख नहीं पाती जब तक
आसपास पानी, दर्पण, आग या आंसू न हों
अपनी आँखें देखने के लिए नहीं लगतीं तुम्हारी आँखें
तुम्हारी आँखें खुद भी बदल जाती हैं
एक ज़रूरी दृश्य की तरह
आज मुझसे गीले पांव लिए बात करतीं हैं
कल बंजर बन कर मुझे एक बूंद पानी के लिए तरसाती हैं
सूख जाता है गला और दुखती हैं आँखें, दो कदम चल नहीं पातीं

आँखें जिन्हें मैं खुद प्रेम नहीं कर पाती काजल ओढ़ाकर छिपा रखती हूँ
जल रही हैं लगातार मशाल की तरह
जिस से तुम्हें ये आँखें और इन आँखों को तुम देखते रहो
लेकिन दुःख है कि
इन नफ़ीस आँखों को मैं खुद नहीं देख पाती
कि एक पंक्ति के लिए मैंने कितने किए हैं अपराध!

९. तुम्हें प्रेम करते हुए

एक धब्बा भी लग गया अगर
मेरे नाम का
तुम्हारे अंतर के उत्तरीय पर
तो मुक्त नहीं कर सकूँगी
स्वयं को तुम्हारे मोह से
कहीं नहीं है मुक्ति
बंधकर भी मुक्ति की बात करती है दुनिया
बंध जाऊँगी
मेरे प्रेमी
मुझे छायावादी स्त्री समझ सकते हो तुम!
लेकिन
तुम्हें प्रेम करते हुए उस तरह डरती हूँ मैं
जैसे डरती है काली देह
–गोरी देह से

10. क्या लाऊँ

अभी कुछ पांच सात मिनट पहले का विचार है कि क्यों न तुमसे पूछ लूं
कि तुम्हारे लिए क्या लाऊँ
प्रेम के अतिरिक्त
या आत्मा के या देह के या दृष्टि के
क्या अंगुली पर कुदरत के छापे हुए निशानों को ले आना प्रेमोपहार स्वीकारा जा सकता है
पर किस से पूछूं?
कौन कहेगा! क्या यही भय साथ लेती आऊँ
तुम्हारी जेब में रखे रूमाल से पूछ लूं इस भांति कि
तुम्हारी जेब तक सुनने न पाए
मेरी थरथर आवाज़
ठीक है कि यह बात रद्दी कागज़ पर लिखे किसी फुटकर नोट की तरह है
फिर भी इसका महत्व कम से कम इस सदी में तो रहेगा
कि फूल या कि श्रीफल या कि कलम या किताब
या स्वयं एक शरीर...सर्वांग
जो कि चला आए उड़ता हुआ सा
तनिक लजाता हुआ–सा
कि इस टेक में कहाँ मिलता है
अवकाश भी गृहस्थी से
स्त्री हो कि पुरुष।
अब पौरुष शब्द को लगभग निरस्त कर रही हूँ
और स्त्री के लिहाफ की नहीं आ रही लाज
और याद कर रही हूँ वस्तुओं और भावों और यादों और दृश्यों में तमाम
कि तुम्हारे लिए
मैं क्या लाऊँ?

कि खुद चली आऊँ
या कि खुद को किसी भित्ति में समेट कर घर पर ही छोड़ आऊँ
इस बार के नहीं
अगली बार के मिलने क़े लिए।
इस बार देह है, चेहरा है, शब्द हैं
और संशय की भरमार है।

11. एक लेखिका होते हुए

लिख तो लूँगी
एक दौर की किताबें पढ़कर
एक तय ज़माने की फ़िल्में देखकर
रंग की शान बान में दख़ल देकर
लिख तो लूँगी
बंटवारे का बयान, संघर्ष की बू और ज़ुल्म की सड़ांध
एक नक्शे के पहले दो और फिर तीन होने की कवायद में पर कागज़ तो फाड़ नहीं सकूँगी।
कट्टरता में जीभ अटकाऊँगी तो हकलाने लग जाऊँगी।
'राष्ट्रवाद क्या है?' कह नहीं पाऊँगी।
कोशिश करूँगी पीड़ित दिखने की पर अभिनय में गड़बड़ कर जाऊँगी।
नकली लगूँगी।
उपेक्षा और शोषण की सड़न से गंधाते पिछड़े गांव घाट की तकलीफ़ समझ तो लूँगी,
उनमें बसना हरगिज़ नहीं चाहूँगी।
मंटो, इस्मत जैसे अफ़सानानिगार का-सा नंगा सच
या साहिर, फ़ैज़, पाश की जुनूनी नज़्में पढ़कर
लिख तो लूँगी।
किसी मनगढ़ नाम के विस्थापन की सत्यकथा पर अफ़सोस ज़ाहिर कर लूँगी।
हो सकता है उस नक़ल को पढ़कर कोई नॉस्टेल्जिक हो जाए!
दुलार से भरकर दे दे कोई मुझे एक अच्छी कविता लिखने का ख़िताब!
कोई जलन से भरकर पीठ के पीछे मुँह चिढ़ा दे
और कह दे इसमें कौन सी है नई बात!
लिख तो लूँगी
पुरानी शराब से भी मादक और कुंदन गहनों से भी कीमती

शरत बाबू के उपन्यासों की नायिका के संवादों में जँचते हुए क्लिष्ट शब्दों की मायावली
लिख तो लूँगी
विद्रोह की भड़क, विभाजन का असर
और तुमसे मेरे प्रेम-सम्बन्ध की मृदुल कल्पनाएं
पर उन सब में जी नहीं पाऊँगी
उन के बीच मैं खुद को खोज नहीं पाऊँगी
जो जिस दर्द में जिए हैं वो उन्हीं में मर मिट गए हैं
समुद्र के हौहाते काले जिस्म में रोशनी का स्तम्भ हो गए हैं
हवा में घुला ज़हर पी कर जो लिखते रहे हैं
वो लोग जो इत्र-सा शीशियों में बन्द नहीं हुए
बल्कि किताबों की अलमारियों में महक रहे हैं।
जो क्रांति की बात करते हुए
अपने चरित्र पर पड़ती एक पैनी गाली पर भी
अगर मैं चिंगारी-सी भड़क नहीं पाई
पल्लू से अपना सिर ढांप कर साल भर का अचार सहेजने किसी मर्तबान में स्वाद बनकर छिप गई
नज़र और आवाज़ दोनों नीची किए किसी आशंका से घिर गई
शुक्र मना बैठी कि बनी हुई है घर में घर की इज़्ज़त
चुप हो गई कि बिल्कुल पड़ोस के मकान तक नहीं गई है कभी मेरी ऊँची आवाज़
चौराहों पर नहीं पहुँचा है मेरा ज़बान लड़ाने का बखान
जो रोती रह गई इस बात पर कि तुमने मुझे बस एक नज़र भर क्यों नहीं देखा?
जो आज मैंने आईना नहीं देखा तो तुमने भी मुझसे मेरा हाल नहीं पूछा?
तो ठूंठ पर अटकी एक लाल पतंग हो जाऊँगी।
लिखकर भी मैं क्या ख़ाक लिख पाऊँगी!

12. यात्रा का झोला

कुछ लिखने के लिए यहाँ मुझे कलम नहीं मिली
बहुत छानबीन के बाद मिली–
जैसे मिल जाता एक किशोर–शरारत में छिपा हुआ
खोजे जाने के खेल को खेलते हुए
झोले में
टटोला, कितना, तब मिला
यह यात्रा का झोला
सुबह से था साथ
चुपचाप–
आज्ञाकारी केवल मुलाजिम और बच्चे ही नहीं होते
झोले भी होते हैं, अबोले और ज़िम्मेदार
जिन पर नहीं जाता ध्यान
जो गंतव्य पर पहुंचते ही धम् से बैठने के पहले
एक गैर ज़रूरी चीज़ की तरह पटक दिए जाते हैं कोने में, बिस्तर पर या खूंटी पर
टंगे देखते रहते हैं
कि उनकी थकान नहीं देख रही मैं अपनी थकन के स्वार्थ में
बचने–बचाने और जिलाए रखने के लिए साथ रखने वाले किसी एक मुकम्मल
जगह की तरह
मिसाल के लिए ठीक जैसे एक घर
होता है जैसे एक पूरे जीवन में
वैसे ही एक दूर की यात्रा में
झोला एक घर होता है, जिसमें रूमाल से लेकर ए टी एम कार्ड और पहचान पत्र
तक
मानो कि कोई हादसा ही पेश आ गया तो मेरी शिनाख्त के लिए
घर का पता झोले में होता है।

मसलन अभी ही लिखनी है कोई कविता
इसलिए कि परत में चिकनाई की तरह मुलायम बनाकर कह सकूँ कोई बेहद कठोर बात
और जब तुम्हें सुनाऊँ तो तुम कुछ देर तो सोचो
मेरी यात्रा के बारे में
सोचो कि झोला साथ था सुबह से
साथ-साथ काम भी आता रहा बिना अहसान जताए, बगैर कुछ बोले
ऐसे जैसे कि कोई दिन गुज़र जाता है, जो सुबह से आँख में जागता है
और मैं बिना उसे पुचकारे, बिना सहलाए
जुट जाती हूँ तैयारी में
एक दूर की यात्रा के लिए झोला तैयार करने में
वह दिन जो स्मृति में एकदम झीना फीका और मुरझाया हुआ अनाथ बच्चे-सा मुझे संभाले रखता है
उंगली नहीं छुड़ा पाता
वह कोई यात्रा के लिए झोला तैयार करने का दिन होता है।
जो अगले कई दिनों को बनाता है-एक गाढ़ी याद-किसी यात्रा से जुड़ी
वह यात्रा के लिए झोला लगाने वाला दिन
जो होता तो है, पर नहीं भी होता
वह दिन एकाकी
जिसमें कैलेंडर और घड़ी होते हैं
होता है खाना और पीना और सांस लेते हुए कपड़े लत्ते अत्ते पत्ते
जिनमें मेरे होते हुए भी
मेरा नहीं होना होता है
उस दिन में

13. चीज़ें

एक खाली जगह नहीं रहती इस घर में
खाली होते ही चीज़ों का जमावड़ा मानो भाग पड़ता है
मानो कोई दौड़ आयोजित होती रहती है। कोई प्रतियोगिता। मैराथन।
चीज़ों के दिमाग़ में हमेशा किसी को घेरने का षड्यंत्र चलता है।
या किसी का साथी हो जाने का परोपकार
जबकि मनुष्य नहीं बरतते हैं चीज़ों को इस तरह
कि उनके पास भी होता है
कोई मन जैसा आयतन
उनमें भी होती हैं भावनाएं
भावुक मनुष्यों के पास बेकाम पड़ी
अकादमिक अध्ययन की किताबों ने
उन्हें रसायनिक सूत्रों के माध्यम से
केवल मनुष्यों से मिलने वाले
संग-साथ की क्रियाएं-प्रतिक्रियाएँ बताई हैं
जबकि कोई तो ऐसा तरल पदार्थ है जो कि अजस्त्र बहता ही रहता है
घर के बाहर कि तुम निकलोगे और धरे जाओगे
चीज़ें तुम पर हमला बोल देंगी
पर फिर भी कोई चीज़ ऐसी नहीं मिलेगी
जिसे तुम किसी मनुष्य के बदले में अपने पास अपने साथ रख पाओ।
एक नया मनुष्य कभी नहीं ले पाता एक पुराने मनुष्य की जगह
फिर भी चीज़ें हैं
कि इन्हें तमीज़ नहीं
ये देर नहीं लगातीं।
धड़धड़ाती चली आती हैं।
खाली जगह देखकर।

14. साथ रहना

भली तरह जानता है वह
कहाँ है दुखती रग
जानता हुआ ही तो नहीं छूट रहा उस से
वह जैसे कि सब जानता है
वैद्य विदा ले चुके हैं समय के दूसरे आयाम में
और अखबार के छपने की जगह पर चलते फिरते अस्पताल हैं।
जाँच की पुर्जियाँ, परचून की पर्चियाँ और
दवाइयों के नुस्खे हाथ से लिखे जाते हैं
तस्वीरों के अल्बम नहीं एक्सरे सोनोग्राफी
और एम आर आई की रिपोर्ट बचाई जा रही है
अलमारियों में
तब किसी मकान की खिड़की से छिछली सी झिड़की में
वह जानता है
तनिक आगे बढ़ती हूँ तो चौराहे पर बैठा शोहदा जानता है मुझे
और तो और दफ़्तर में मेरा अधिकारी तक
जानते न जानते के भंवर में ये सभी जानते हैं मेरी दुखती हुई कोई बात
बात करने को तरस जाते हैं दुःख में नहाए हुए लोग
भावुकता की चासनी में घुलते जा रहे हैं
दुनिया को मीठे से परहेज़ बता रहे हैं हकीम डॉक्टर
एक तरफ़ बहुत देख रहे हैं दूसरी ओर कुछ देख नहीं पा रहे
वह मुझे ताप मापने को छू देता है। कलाई शीतल है। ताप माथे पर है।
वह माथे के बाहर तक नहीं आ पाता।
आँखें मिलाने से दुखती रग को आराम आए शायद
इसलिए कहता है बुखार तो नहीं है। थकान होगी।
तुम्हारा रोज़ का नाटक है। उसने थिएटर की शक्ल तक नहीं देखी

बंबइया सिनेमा की यहाँ बात नहीं।
बात उसकी और मेरी भी नहीं।
दुखती रग की है। दुख-दुख कर थक गई है जो रग
उसे आराम आए।

15. कभी नहीं

कभी नहीं के लिए
अंग्रेजी में है
मात्र एक शब्द का चलन
हिंदी में कभी नहीं को कभी नहीं ही कहते हैं।
जिसका मतलब
संभव-असंभव-संभव के बीच कहीं
खोह बनाकर रहता है।
ऐसा जोड़ा
बिन ब्याहे दो प्रेमी जैसा
जिस में से न नहीं हटता है न कभी
कभी नहीं माने कभी नहीं
जैसे किसी को छाया कभी नहीं
जैसे किसी को सुख कभी नहीं
जैसे किसी को दो पल का प्रेम
कभी नहीं।

16. ईश्वर था

ईश्वर ऐसे था कि जैसे बस था
यूं ही , देह में जैसे मैं रहती थी
फिर एक दिन कहीं एक विस्फोट हुआ
धुआं उठा। धूल का गुबार और ईंट पत्थर और मलबा और चीखें और
लाशें लाशें
पुल टूट गया
कोई बच्चा पढ़ाई के बाद पागल हो गया
फंदे से लटका बिना इलाज
किसी का बाप मर गया
इसलिए कि आधार कार्ड पर गड़बड़ छप गया था उसका क्रमांक
मच्छर उड़ा और सारी नसों को खाली कर गया
ईश्वर ऐसे था
कि बस उठ कर चला गया।
अभी भी आती है जिसके पसीने की गंध आसपास
रेल में एकदम सटकर बैठे मुसाफ़िर-सा

17. गीत की गलती नहीं है

दुख में रहना दुखी रहना नहीं है
और दुखी रहना दुखी दिखना नहीं है
माँ जैसी एक स्त्री मुझ पर विचार के बोझ का लांछन रख देती है
कहती हुई कि मस्त रहा करो
मस्त?
यह वही चीज़ है न! शब्द!
तू चीज़ बड़ी है मस्त मस्त ...
मुझे कभी पसंद नहीं आया यह गीत
बचपन में भी नहीं। जवानी के दिनों में भी करती रही खुद के चीज़ होने से इंकार
मुझ पर कोई प्रेम राजनीति की तरह उतरा
मैं रोई तो अकेली रही। हालांकि इच्छा रही
हमेशा कि कोई मेरे रूठने पर मुझे मना ले
और मैं न मानूं
पर मैं मानती रही बग़ैर मनाए भी
मैं खुद को प्यार करने जैसे भ्रम में कभी पड़ी
ऐसा मुझे याद नहीं है
शायद कभी किया हो। या शायद नहीं।
शायद की दीवार कहाँ है नहीं पता
लेकिन यह आड़ न होती तो सब कितना असली होता
कितना डरावना! कितना मस्त!
मस्त हो जाऊँगी तो जैसे इस देश के बाहर कहीं बना लूंगी ठिकाना
पर क्या फ़ायदा
एक दिन वापस यहीं धकेल दी जाऊँगी
अपने देश अपने हाल अपनी धींगामुश्ती में
मुझे पहचानने से हर कोई कर देगा इंकार

इस देश में रहना दुखी रहना नहीं है
और भला दुखी रहना क्या है
अचानक किसी को मेरी बातों में सियासत दिखने लगेगी
शायद मैं उस वक्त जवाब में ठोस बात नहीं कह पाऊँ
पर अगले ही दिन कोई मिलकर पूछ लेगा
मस्त हूँ –कह नहीं पाऊँगी।

18. ए. आई. को नहीं पता

घर से निकली हूँ और वापसी का ब्यौरा बना कर
जेब के हवाले कर दिया है
लौटूंगी तो फिल्म देखूंगी असली नकली
बड़ा उत्पात मचाते थे बंदर पिछले दोनों घरों पर
मैंने लोहे का पिंजड़ा बनवा लिया था। उनके लिए नहीं। अपने लिए।
फिर मैं यहाँ चली आई राजधानी क्षेत्र में
लेकिन राजधानी मेरे भीतर नहीं आई। न आएगी।
मैं आई उससे पहले इस शहर में आ चुका था ए आई
ए आई से पहले कोई गूगल था कोई याहू था
याहू से शमी कपूर याद आते हैं जंगली
शमी कपूर से याद आता है बदन पे सितारे लपेटे होने का दावा
मुझसे कभी नहीं लिपट सके सितारे
मुझसे मेरे झंझट लिपटे रहे। तुम से भी।
बीच में इतने झंझट हों तो ए आई के आ बसने की वजह बनती चली आई
चली आई तुमसे दूर तो संसार अधिक कुरूप लगता है
दर्पण की सीमाएँ बढ़ गईं हैं
मेरे सारे रिश्तेदार बूढ़े हो गए हैं। एक एक दिन करके वे नहीं रहेंगे
एक दिन मैं सचमुच में अकेली हो जाऊँगी।
शब्दशः।
कोई नहीं होगा बताने वाला कि मैं कैसी थी सीधी थी
कि शैतान या मुसीबत की मारी या दुखियारी
मेरे फोन नंबर का कोई औचित्य नहीं रह जाएगा
ग़ैर ज़िम्मेदार हरकतें ज़िम्मेदार होंगी
नेहरू की तरह का जेलखाना नहीं हुआ है मेरा नसीब
जेल की चौहद्दी ज़्यादा फैली फूली है मेरे लिए

बिना जाने मैं किसी पर भी बोल रही हूँ
डर रही हूँ।
ए आई कहीं ऐसा न बोल दे
कंगना राणावत देश की एक महान नेता हैं

19. भाषा की खूंटी

मेरी भाषा की वर्णमाला से
नहीं चलता मेरा काम
मेरी थकान नहीं समाती इस में
न मेरी कराहती, दोहरी होती देह के लिए कोई जगह है यहाँ
कोई शब्द नहीं बना जिसमें मैं कह सकती वह
सब जो मैं चाहती रही
और चली आई एक अनजान नुक्कड़ पर
मैं क्या खोजती हूँ, जानती तो हूँ-कह नहीं पाती
रह नहीं पाती, सह नहीं पाती
तुकबंदियों में बह नहीं पाती
डर जाती हूँ
मेरी आवाज़ में तुम्हें मखमल या रेशम कभी नहीं मिलेगा
कभी नहीं मिलेगी तुम्हें तुम्हारी
अपनी देह देश की थकी हुई हथेलियाँ टिकाने की तसल्ली
पाँव धरने की दहलीज़
धूल उतारने का पायदान
मैं अपने आप से परेशान हूँ तुम्हारी परेशानी बग़ैर तुम्हारे आए
समझती हूँ
इसी से बंद रखती हूँ खिड़की-दरवाज़े
और शोर नहीं चाहती
बहुत कोलाहल भरा है
मेरी आँखें नहीं देख पाई हैं
अब तक भाषा की वह किताब जिसमें मेरा अपना दुख मिलता हो।
खारिज नहीं करती। कर नहीं सकती।
इसलिए कलम उठाती हूँ और खुद को ख़ारिज करने की कोई बात लिखना

चाहती हूँ
लिख नहीं पाती। कानों पर रख लेती हूँ ओस ठंडी पत्तियाँ
थक चुकी हूँ चुप्पियों का बोझ उठाए-उठाए
चलते-चलते
मैं कहीं रुक जाना चाहती हूँ। अपने साथ अपने रंग की घास मिट्टी पर
अपने स्वाद के पानी वाले समुद्र किनारे
अपनी बात कहने के लिए ही तो आई हूँ यहाँ
अभी कुछ दिन रहूँगी।
भाषा की खूंटी खोजूंगी अपनी थकान के लिए।

20. रोना रोके हुए

मैं उसके सामने गई
वह एक केबिन था जिसमें वह मेज के उस पार था
मैं थी इस पार। मैं उसके सामने उसके हाथ के इशारे से बैठ गई
और रो पड़ी
वह मेरा कोई नहीं था
मैं कुछ कहने नहीं गई थी। पर मैंने पैसे चुकाए थे।
कीमत थी उसकी। उसके वक्त की। मेरी नहीं।
मेरी कहीं कीमत नहीं थी। मैं रोई। मेरे आंसुओं की भी क़ीमत नहीं थी।
इस तरह मुझमें और मेरे आँसुओं में गहरा रिश्ता था। उन आंसुओं में।
आज के आंसू ओस बन चुके हैं। आधी शाम के बाद महसूस होने लगते हैं।
महसूस होते हैं। अब मैं उससे मिलने नहीं जाऊँगी।
उसके सामने नहीं रोऊँगी।
कहावत परखूँगी कि
ओस चाटने से प्यास नहीं बुझती
रो लेने बाद साँस लेते हुए लगा
रुलाई किसी के हिस्से की भी हो
साँस रुलाई रोकने वाले की घुटती है
मेरे वक्त की कोई क़ीमत इसलिए नहीं होती
क्योंकि मैं नदी जैसी हूँ
सबसे मिल लेती हूँ, बात कर लेती हूँ। आगे बढ़ सकती हूँ। फिर भी कहीं ठहरी
रहती हूँ। अपना रोना रोके हुए।

21. ईंधन

एक दिन सपने देखना छोड़ दूंगी।
और सोऊँगी
और कुछ चलेगा भी अगर
मुंदी पलक अंदर
साइकिल के पहिए जैसा
उसे याद नहीं रखूंगी
ध्यान में नहीं लाऊँगी।
जो कभी कुछ याद आया
तो सबसे पहले याद कोई बच्चा ही आएगा
अपने अंदर का
पर उस बच्चे की आवाज़
याद नहीं आएगी।
शिकायत छूट जाएंगी
क्योंकि जिस थैले में उसे भर दिया करती थी
एक दिन बोझ के बढ़ने से
मैं जान जाऊँगी कि
थैला दरअसल मेरा भ्रम था।
कहीं कोई मजबूती नहीं पाकर
मैं थकना तक छोड़ दूंगी।
चलती जाऊँगी। चलती ही।
जब पिंडलियाँ हार जाएंगी
मैं रुक जाऊँगी
नींद लगेगी और सो जाऊँगी।
आँख की मछलियाँ
जैसे ही समय के पानी में से

उछल कर बाहर आ जाएंगी
मैं जाग जाऊँगी। और जागी रह जाऊँगी।
आधी हो या पूरी
कपड़े के परदे की तरह रात को
मैं फिल्म देखने का सामान नहीं मान पाऊँगी।
जान जाऊँगी कि
वे लोग जिन्हें कोई प्रेम नहीं करता
उनके अंदर से
वह ईंधन,
एक दिन चुक जाता है,
जो उन्हें चलाता है।

22. बूंदें

बूंदों की तरह बरस रहा है आदमी
इतना धारासार चारों ओर
कि दिशाओं में नहीं समा रहे दृश्य
दृश्य में दृश्य आदमी में आदमी बूंदों में आदमी
कभी प्यार के खो जाने पर रोता हुआ आदमी बारिश की बूंदों के बीच खुद को
रखता है
और यह कितनी आम बात है
इतनी कि दिखती नहीं
जैसे नहीं दिखती बूंद
नहीं दिखते आदमी
बढ़ती जाती हैं बूंदें
पानी की
वीर्य की
रक्त की
पैसे की
नमक की
पसीने की
आंसू की
लगातार बरसती रोशनी की
निगलते शोर की
बूंदें
आदमी नहीं बूंदें हैं चेहरों के समुद्र में परिचय की शार्क मछली
उछाल मारती है
बूंद है कि आदमी

23. दूर होना

उम्र गुजारना
किसी के दूर चले जाने के बाद
जैसे एक तपते हुए साल और
अदल-बदल करते चार मौसमों में
किसी उजली किरन की
फिजूल नापी हुई लंबी दूरी –
जो मंज़िल तक
कभी पहुंचेगी या नहीं
किसी को – पता नहीं
क्या होती है दूरी
एक प्रकाश-वर्ष की
मेरे जैसे बंधक के लिए
जबकि पार नहीं होता
एक दिल से दूसरे दिल के बीच
चुप्पी का फासला भी
तो एक ग्रह से दूसरे का फासला कोई क्यों नापता है ?
बचपन के दायरे से बाहर
यह समझने के लिए
तोड़ी
रेजगारी भरी गुल्लक
खोया एक भोला भ्रम
दूर गई प्रेमी की टटकी कल्पना से
सहनीय दुख का अंजन भरकर रखा आँखों में
जैसे पेड़ के तने
दिन भर

दिनों भर
थामे रखते हैं भूमि
दूर जाते हुए समय को देखते
सीखा
पहचानना और जानना
कि क्या होता है
पहले एक दिन दूर होना
फिर छह महीने, साल दो साल
और धीरे-धीरे वहाँ पहुँचना
जहाँ से वापसी नहीं।
जहाँ सारे चेहरे बेआवाज़ हैं
और आवाज़ें बेचेहरा

24. कहीं नहीं रहती

कहीं नहीं रहती
कहती हूँ जवाब में
जो मुझसे पूछते हैं कहाँ रहती हूँ? रहती हूँ
रहती हूँ उनके सामने चुप में
पर चुप भी कहाँ रहती हूँ!
देखे हुए को उधेड़ती हूँ और बुनती रहती हूँ
मेरी आँखें धूप में मिंचने को होती हैं
पर ततैयों के डर से एकटक खुली आँख रहती हूँ
जब वह कहता है मैं अच्छी कविता करती हूँ
तब चीखना चाहती हूँ।
चीखती हूँ लेकिन चाहना छोड़ देती हूँ
और चीख रुकते ही अगले क्षण में फिर चाहने लगती हूँ
मैं नहीं कह पाती कुछ
फिर भी, कुछ–कुछ कहती रहती हूँ
पत्तियों की खड़कन की तरह मेरे सीने में भी कुछ बजता रहता है
यह धड़कन है
जिसे कोई नहीं सुनता
एक मृत्यु के बाद मैं जानती हूँ
कि जब बंद हो जाती है धड़कन
तब कोई कोशिश करता है
कि सुनने के लिए छाती पर सटने के लिए कई जोड़े कान आगे बढ़ आते हैं
और धड़कन है कि कह नहीं पाती
कि मैं यहीं थी
कुछ देर हुई
चली गई हूँ।

25. औसत होना!

ज़िंदगी के इतना क़रीब है औसत होना।
कि है
तमाम खाँचे हैं
अच्छे बुरे के, खट्टे मीठे के
सही गलत और खूबसूरत के
बड़प्पन की माया के बाहर संसार
कोई मोड़ जहाँ
मुड़ती है नज़र
पिछला सब दिखता है
खाने में नमक जैसा
होता हुआ भी नहीं
इसलिए महज़ आदत बन गया
ऐसे देखना
जैसे प्यास के क्वथनांक तक पहुंचने से पहले
हो जाना मयस्सर
गिलास भर पानी
जो चपरासी ने सामने लाकर रख दिया
ऐसे बैठना
जैसे तुम खिड़की हो दुमंजिले में
और परदे लगाए हों तुम पर
छनी धूप छनी हवा और पुराने ज़माने के छज्जे
अब कौन देख पाता है
ऐसे कि हस्पताल के किसी कमरे में चार और लोगों के साथ
मरीज़ को देखने का नाटक
ढांढस बंधाना झूठ-मूठ

इतना औसत
जैसे घड़ी में रात का नौ बजना और मेज पर खाना परोस दिया जाना
जूते के तस्मे
कसे और ढीले के बीच ऐसे बंधे होना
कि दिन भर पांव का ध्यान ही न आना
कि जूते फीते वाले पहने थे आज तुमने
ऐसे जैसे नदी, जंगल, पहाड़ और पड़ोस का कोई बाशिंदा
जिसने खोली है चाय की नई रेहड़ी
सैलानियों के लिए
और जैसे मैं खुद भी
औसत
तुम्हारे घर पर या
कि कहीं ज़िंदगी में
हूँ भी कि नहीं हूँ
या तो याद नहीं। या दिखती नहीं।

26. मुझे देखो या मेरे अतीत को

दो नहीं चार आँखें हैं तुम्हारी
एक बार में एक ही जगह पर रहो
और देखो, और देखो
मुझे देखो चाहे उसे देखो
या मेरे या उसके अतीत को देखते हुए
या मुझे या उसे मत देखो
अतीत का जीव कितनी बार मरा
कितनी बार जन्मा
जानने जाओ डूब जाओ संख्या की लुगदी के समुद्र में
मिट्टी के गीलेपन में केंचुए की गति पाने से अच्छा
है जो सामने दृश्यमान, उस के हो जाओ
है दृश्य में हावभाव जो, उस के पार जाओ, जासूसी मत करो
इसी से छिपती हैं तुमसे तुम्हारी दो और आँखे, आँखें नहीं मिलातीं
इसी से तुम्हें होता नहीं भान, तुम्हारे सिवा
ग्रह नक्षत्रों के भंवर अन्तर,
अन्य है नहीं
मेरे भीतर जितने तुम हो उसे देखो
छुओ उस से मोह करो उसका नाम धरो
जो मेरे भीतर किसी पहले/तीसरे/ चौथे की तलाशी करो–
तो भटक जाओ.

27. उन्हें कौन याद रखेगा!

सूखे पत्तों से गछा हुआ है रास्ता
पेड़ की टहनियों पर पल्लव मुस्कुरा रहा है
पतझड़ के साथ यह बसन्त है
वयस्क की पीठ पर जैसे लदा हुआ है शैशव
कपट से भरा मेरा मन कह रहा है–
अब चला जाए
यहाँ रहा न जाए
किसी को याद आया जाए
किसी के एकान्त को सताया जाए
कह रहा है
जो रहस्य है
पतझड़ के सौंदर्य का
जान गया है
न होना, होने से अच्छा है
किन्तु वयस्क पीठ की छिलन का कोई गवाह नहीं
न ही उन पत्तों की टूटन में आवाज़ की पुनरावृत्ति है
जो इस पतझड़ में हैं
अगले पतझड़ तक नहीं रहेंगे
उन्हें कौन याद रखेगा!

28. छोटी चीज़ें

जैसे सौ कदमों की एक सैर या घास के तिनके से बनाई छल्लेनुमा एक अंगूठी
नन्ही सफ़ेद मीठी गोली या एक नीली बिंदी या एक काली रेखा
एक पत्ते का उपहार
एक पतंग की उड़ान
कान तक आती एक हैलो की आवाज़
मिटते हुए इंद्रधनुष का आखिरी छोर
सुबह की आहट
दूर से हवा में घुलकर आती ग़ुलाम अली की ग़ज़ल की लाइन
एक लहर-समुद्र के किनारे-छुए तलवे
एक ढाई मिनट का गीत
एक शिशु को गोद में लेने का भार
मई की किसी तारीख़ के अपराह्न में एक झोंका हवा का
और बस-
जो छोटी चीज़ों के मानी नहीं होते
तो जहर कांच की शीशियों में नहीं, बोरियों में बिकता
गुब्बारों में हवा नहीं भरी जाती
जलतरंग एक सींकची और प्याले के चुम्बन से बज न उठता
जो छोटी चीज़ों के मायने न होते
तो कैसे याद रहती यात्रा जो पिता के कंधों पर बैठकर पूरी की थी
गालों को फुलाकर उन्हें मुक्का मारकर पिचकाया था
और हँसाया था रूठी हुई उस लड़की को
एक आँसू नज़र आया था
जब माँ की आँख में-तो कई सालों तक
कमरे में सीलने का दर्द भर आया था
आज तक ठहरा हुआ है जो ये

बताने के लिए
कि छोटी चीज़ों के मानी हैं।
याद हो तो मटर के दाने की फरियादी चिड़िया की दोस्त
उस चींटी की धमकी
जब राजा को अपना फ़ैसला बदलना पड़ा था।
एक छोटी सी तल्ख़ी, एक नन्हीं सी दरार, एक ज़रा सी पीर,
एक बित्ते भर बिवाई
और एक देखी हुई मुस्कान
छोटी चीजों के मानी महसूस किए जाते हैं देखे नहीं जा सकते
सूक्ष्मदर्शी के बिना।

29. अब यूं होता है

अब यूं होता है
नहीं। होता है नहीं। है।
यूं है कि झल्लाहट जैसे एकदम मिट चली है
जैसे मटियाले पानी से सने हाथ की छाप है दिन
और बहुत कुछ बदल गया है। बदलाव चुभ इसलिए नहीं रहा क्योंकि वह चुभ रहा है
पर झूठ बोलना भी तो एक जीवन की कला है
होता है से कहने में सत्य के अडिग होने का भाव बचाया जा सकता है
पर क्यों?
ठीक है तुम ने मुझे धोखेबाज कहा नहीं
पर इसका आशय यह नहीं कि तुम मुझसे वफ़ादारी की उम्मीद करना छोड़ दोगे
आखिर हम यही तो चाहते हैं
हमारे हाथ जब जुड़ना चाहते हैं तो पहली बार वे छू रहे होते हैं
और दूसरी बार भी
कुछ और ज़्यादा छूना
तीसरी बार शिद्दत से चाहते हैं छुए चले जाना
और लगातार थामे रहने के लिए हाथों में चला आता है एक अदृश्य पट्टा
दो ही काम करता है
बंधुआ बनाना या दम घोंट देना
खिड़कियों को खुले रहने दो
अब यूं है कि खिड़की ही आसमान की छत है
और मेरे पास अब हाथ नहीं हैं जिनसे मैं तुम्हें छूना चाहूँ
होता है अंग्रेजी व्याकरण के वर्तमान काल का सार्वभौमिक सत्य होता है
और मेरी हर बात तुम्हें समझ नहीं आनी चाहिए
यूं है कि तुम हो मैं हूँ

खिड़की है
तुम्हारे हाथ हैं छूने को
पर मुझमें नहीं है वफादारी
मैं पालतू नहीं।

30. जब से मेरा रोना खोया है

जब से रोना खो दिया है मैंने अपना
तब से चुप होकर कुछ खोजना खो गया है
खो गया है शिकायती मिजाज़
खो गया है संगीत। याद में रखी हर याद खो गई है
खो गया है तिकोना मुड़ा रुमाल
खो गए हैं कठिन बीते सारे साल
खो गया है खोया हुआ कुछ पा लेना
खो गया है कमरे का अपना कोना
खो गई है मन मना लिए जाने की कामना
खो गई है नदी के घाट पर बरस भर बैठे रहने की चाहना
खो गई है हथेली की घटती बढ़ती अनुराग की रेखा
खो गया है गीले काजल के रँग से लिक्खा बहीलेखा
एक औरत अंतर्वस्त्र पहने बैठी है दीवार पर
तब मुझे ध्यान आती है तुम्हारी बद्दुआ
जहाँ रहती तुम्हारी बासी कुढ़न
जिस में नग्नता का नहीं अपमान का आशय था
खो गया है तब से मेरा यह कहना
कि मैं वस्त्र के बग़ैर भी बैठ सकती हूँ नगर के सबसे घने चौराहे पर
और आते जाते घूरते नागरिकों में खोजना चाहती हूँ
अपनी इस माटी की काया से भेद
खो गया है आत्म सम्मान
खो गया है केवल अपना श्मशान
खो गई है अपनी चिता अपनी मिट्टी अपनी कुदाल अपना तराजू अपनी दीवाल
जब से मैंने रोना खोया है, अस्तित्व कहीं जाकर सो गया है
रो लेती थी जब, तब कुछ देर बाद सही

पर हल्के तो हो जाते थे कंधे
पुलक ही जाते थे गाल
गीली आँख को पोंछती थी तब लगता था
कि पास पड़ोस का जग संसार लाख बुरा है।
...पर है।
वह सब अब नहीं है। जब से मेरा रोना खोया है

31. हस्तरेखा पढ़ती हुई वह

उसके आगे मेरी बाईं हथेली पसार देने भर से
वह जान लेती है
क्या होगा, क्या नहीं
मैं कहीं ठहरूंगी या आगे जाऊँगी
गिरूंगी या नहीं या गिरकर संभल जाऊँगी
या कि बची रहूँगी डूबकर उभरे पनयात्री की तरह
वह कभी यह नहीं कहती कि मैं गिराऊँगी भी
या कि कभी बिगाड़ूंगी या कि कभी मिट जाऊँगी
जैसे कभी खड़िया से खिंची एक रेख भर रही थी मैं
शायद वह किसी से नहीं कहती उसके बारे में अप्रिय
उसका कोई दावा नहीं है ऐसा
कि दुनिया के किसी समांतर में वह ईश्वर की प्रतिरूप मानी जाय
जबकि वह रेखाएँ देखकर पढ़ सकती है
जबकि मैं रेखाएँ देखकर देख भर ही सकती हूँ
मेरे आगे नहीं बनती बिगड़ती कोई हस्तरेखा
जाने क्यों मुझसे छिपकर मेरी हथेली में स्थाई रूप से रहती हैं
और किसी भविष्य या अतीत या पूर्व और पश्चिम के उत्तर दक्षिण की ओर नहीं
करतीं एक भी इशारा
मुझे पता है वह मेरा मन रखती है
मुझे बहलाने के बर-अक्स
मेरी आंखो में भरती है उसके देखे दृश्य
मुझे पता है वह मुझे भरम देती है
क्योंकि जिसकी कोख में बनी हैं मेरी हस्त रेखाएं
उस देह की आंख तक नहीं जानती पढ़ना
मेरा एक भी दुःख सुख

32. तुम और आप

एक-एक पँक्ति
यूँ रखता है वह
मेरे सामने
जैसे मेरे कमरे में कदम रखता है
जैसे मेरा हाथ थाम कर फुसफुसाता है
मेरे वक्ष तक खींच लाता है प्रशान्त महासागर का फेन
मेरी आँखों में आकाश उतार लाता है
सितारों की धूल से पुनर्जन्म लेते हैं मेरे सपने
उसके शब्दों को छूने से मेरा स्नान होता है
अमराई कह दूं कि माटी से फूटती गंध
पहली पगली बारिश
यही है
जो है।
इसी पँक्ति की धार में
    है छुपा
मेरी हत्या का मन्तव्य
तुम्हारा अमरत्व
छुपा हुआ वह
छुपी हुई मैं से
मुख़ातिब है अब जब
वह मुझे 'आप' नहीं कहता
मैं उसे 'तुम' नहीं कहती।

33. पिछ्ले दिनों का प्यार

जांघ पर उग आए कैक्टस को गुदगुदी करती स्त्री सोचती है
कि कहीं यह गंभीरता का जमाव तो नहीं!
वही जो स्वभाव में अपेक्षित थी पिछली पीढ़ी द्वारा
यह वह नहीं
वह प्रेम है यह
जो देह में उतरते हुए पका
गाढ़ा गंभीर और कम शरारती होता गया
जो उसे एक संग साहसी और निर्लज्ज बनाता गया
इतना कि एक पूरी रात उसके एक कम उम्र के प्रेमी के साथ बिता आया
कहीं वह
उसके प्रेमांग से रक्त मांस मज्जा तक प्रविष्ट हुआ
उसके भाग्य में रोग बनकर चला आया
प्रवेश पाते ही उभरते हैं मौसम के असर और संक्रमण के लक्षण
तो कहीं कोई जान गया कि यह उभरा हुआ त्वचा का गुबार
हकीकत में उस के पिछ्ले दिनों का प्यार है
वह प्यार जिसने खत लिखवाए
वह जिसने देहरी के बाहर रखवाए उसके दोनों पांव
वह जिसने जाना छूते ही जलना और छाले का उभर आना
जो सितारे की लपट की तरह करीब तीन महीनों तक आँखों में कौंधता रहा
फिर बुझ गया।
जैसे चूल्हा हो
अब स्त्री सोचती है उन कागज़ी ब्यौरों का क्या करेगी
जिन्हें इस दौरान दर्ज करती रही और उड़ाती रही बेखटके
स्त्री सोचती है संसार के सभी प्रेमपत्रों का भाग्य इतना उन्नत नहीं
कि वे किताब की शक्ल में जगह पा सकें पुस्तकालयों में

कुछ ही होते हैं
बाकी न्यायालय में फरियाद करते हैं
या घूरे घूरे चिंदी चिंदी घूमते बंजारे हो जाते हैं।

34. क्या हो!

क्या हो!
अगर मेरे और तुम्हारे सब अपराध
एक साथ एक न्यायालय में नग्न हो जाएँ
और अपना पश्चाताप छुपाने को
भरी दोपहर में जलती हमारी परछाईं का बौनापन भी छोटा पड़ जाए
क्या हो!
जो मैं लिख दूँ अपना कुबूलनामा
कि मेरा सब से बड़ा अपराध
मेरे शब्द द्वारा घटित नहीं हो सका,
जिस के लिए मुझ पर अभियोग है
बल्कि विचारों में पल पल अवस्था परिवर्तित करता रहा
भय
मेरी भीरुता का कारण कभी नहीं रहा-ऐसा प्रेम
जिसे मैंने किया, और जिस से किया
एक दिन उसे भी छोड़ दिया
उदासीनता और एकाकीपन का फावड़ा
इस आत्मा के तने को दो फाटों में बांटता रहा
अगर यह मीठा अपराध सिद्ध हो सके,
तो मुझे दण्ड में किसी वन के बीचोबीच डुबा दिया जाए
क्या हो जो तुम कह दो उस अज्ञात के सामने
बिना घुटने टेके
बिना आँखें नीची किए
अपने कन्धों की थकान पर बात किए बग़ैर
कि तुमने कल्पना के अनगिन में श्रम भरे दिनों से ज़्यादा विश्राम की रातें जी हैं
और अनगिनत से भी ज़्यादा स्वप्न देखे हैं

और स्वप्नों से भी ज़्यादा भोगे हैं सहवास
और सभी सहवासों से अधिक स्त्रियों को तुमने सींचा है अपनी मिट्टी में
क्या हो !
कि हम सभी कह पाएँ अपनी अपनी परछाया का किया–अनकिया
और तैयार हो जाएँ दिए जा रहे दण्ड के पूर्व
हमारे अंतिम उच्चारों के लिए
क्या हो
कि हम तय कर पाएँ
कौन सा नाम, कौन सी बात, कौन सी स्मृति अथवा कौन सी याचना
हमारी अंतिम वेदना की परिणति
कौन होगी
वह समग्र के किस चरण में हुए लगाव का नाम होगा–
जो अटकेगा
जिह्वा के पश्चभाग पर
उगेगा पलकों में कांटों सा
और आँख मुंदने नहीं देगा
जाने आंसू निकलेगा या मुस्कान बिखर जाएगी
सुई की चुभन की सरसरी सी मुट्ठी भिंचेगी या
पानी में खेलती सी हथेली खुली छूट जाएगी
क्या जाने प्राण को क्या प्रिय होगा !–
जो कोई सुन कर दर्ज़ करने की स्थिति में होगा–
जो ठण्डे पड़ते तलवों की ऋतु में अलाव की कामना लिए किसी दृश्य में बदल
जाएगा
क्या हो–
जो हमारा स्वप्न
हमारे बाद हमारे जनों को ठीक उस तरह से आए
जिस तरह उन के स्वप्न में हम अपना होना चाहते हों

35. दूर दूर और दूर

इतना दूर कि भ्रम होना भ्रम हो जाए
और यकीन होने लगे
कोई दरवाज़ा भी था यहां
जो खड़ाक् से बंद हो गया पीठ पर कि इस पीठ की चमड़ी पिघलकर नीली पड़
जाए
नीली क्यों
क्योंकि कोई और रंग मुझे नहीं सुझाई दे रहा फिलहाल
आधी रात और दूर
दूर नींद दूर प्रेम दूर अतीत दूर वर्तमान
या अभी जो बीत रहा है
वह कुछ है ही नहीं
सुबह तो अगला ग्रह है
रात परिक्रमा करे एकांत नाम है इस जगह का
यहाँ नींद नहीं आती
यहाँ दोष रहते हैं जो
जगते हुए जगाते हुए पहरेदार
रात की देह का अपना नहीं है चेहरा
एक गृहस्थी में दुःख ही है चलाचल संपत्ति
एक क्षण का विलास है बिछौना और तकिया
किताब क्या है
दरवाज़ा है एक नई यात्रा का

36. छूटते छूटते

नींद छूट गई तब ध्यान आए सपने जिनमें
छूटती थी हर बार
कांच की ट्रेन।
छूटती थी परीक्षा
छूट जाता था उत्सव
अधूरा छूट जाता था विवाह बिना देखे साथी का मुख
कई बार मृत्यु तो कई बार जीवन ही छूट गया
अनजिया
छूटी नानी की प्यास बुझाने को हाथ में सतर्कता से थामी पानी की बोतल
कई बार हथेलियाँ ही छूट गईं
प्रेमी के वक्ष पर
कभी मिट्टी की भरभुराहट छूट गई महंगी चप्पल पहनकर
छूट गई सुबह की धूप नौकरी लगने के बाद
छूट गया गाता हुआ दुख का जीव
जीभ का तीखा कानों को लगना छूट गया
छूट गया मेला गोल वाला झूला छूटा मन का माना कोना
छूट छूट गया ध्यान भी
इतवार की चार बजे वाली फ़िल्म छूटी
छूट गया संकोच भी
छूटते छूटते छूट गई मैं भी
मुझ में बसे
बाज़ार से

37. डर का संसार

डर का है एक और संसार
हर आदमी उस संसार में भी इसी तरह खाता पीता सोने के लिए रोता बिलखता छटपटाता है
कीड़े जैसा बिलबिलाता है
पर डरता नहीं
डर के संसार में आदमी
खुल कर जीता है पूरी साँस लेता है
गिरता है उठता है संभलता है
शुरुआत करता है
आदमी को चाहिए कि गुब्बारे की तरह इस संसार को एक चुभन से फोड़ दे
और बच्चे की तरह इस संसार के लिए बिलख कर रोए
लेकिन
डरना छोड़ दे।
डर के संसार में आदमी
कम से कम
डर में तो नहीं जीता!
डर के संसार की तरह ही एक प्रेम का संसार भी है
जहाँ आदमी प्रेम करता है, लिखता नहीं, बात नहीं करता, बोलता और जानता नहीं
वह होता है।
प्रेम की तरह डर की तरह
कल्पना का भी एक संसार है, नींद का भी एक और न्याय का भी एक
एक एक कर तमाम संसार हैं
यह जिस संसार में इतनी कल्पना करता हुआ है बेचैनी से मरता है आदमी
यह त्रिशंकुओं का संसार है।

यहाँ मेरे तुम्हारे जैसे लोग रहते हैं, जो
न पूरी तरह जीते हैं न मरना चाहते हैं।
जो अन्यायपूर्वक
न्याय की कामना में
प्रेम के लिए
पपीहे का बिम्ब चुनते हैं
तब जबकि पपीहे को केवल नाम से जानते हैं।
पपीहे पर बताते हुए भाषा का प्रवक्ता भी
स्वप्न तक में
पपीहा देखता नहीं
बस
उच्चारण में दोषपूर्ण हुए बिना
दिन दिन करता चलता है व्याख्या
बारिश की।

38. तुम कहीं नहीं हो

चाहिए तो था तुम्हें आना मगर तुम सिर्फ़ एक ख़याल बनकर रह गए हो।
सिर्फ़ विचारों से क्रांति की जा सकती है, अब इस ख़याल के लिए चिंदी भर आस्था ही बची है मेरे अंदर।
कल ही मैंने किसी से बेमन बात की है और कल ही मैंने किसी को बहुत मन से याद किया है।
वह, किसी, कोई, तुम आदि सारे सिर्फ़ चबाने के शब्द हैं। बेनाम –।
बेनाम ही हैं खिड़कियाँ। खिड़कियों के बाहर जाने किस के इंतज़ार में खड़े पेड़ , खिले फूल, तितलियाँ, ज़मीन चखती धूप, खुली जालियाँ और सोलर पैनलों के शीशे तक।
किसी के अपने कोई नाम नहीं हैं। तुम्हें ही शायद कोई दुखी आत्मा मनुष्य,फिर वह आदमी हो या औरत, कहता होगा भगवान या ऊपरवाला।
मेरे लिए तो तुम मेरे बराबर के कुछ हो।
जो नहीं हो। जब नहीं हो तो खलते क्यों हो?
चुप क्यों नहीं रहते !कुतर कुतर कर तुमने मेरी चेतना का क्या हाल कर दिया है!
या शायद तुमने नहीं। खुद मैंने।
•••
माँ हूँ तुम्हारी क्योंकि तुम्हारा जन्म मुझमें ही हुआ है।
तुम कमी हो। जो हमेशा बहुत ज़्यादा बने रहते हो। तुम्हारे होने, तुम्हारे चले आने के चित्रों में मैंने खुद को कई रातों तक जागते देखा है।
कई दिनों तक नाचते हुए भी थकते नहीं दिखे मेरी कल्पना के पांव। मेरे यथार्थ के कंधे और भी सुंदर हो जाते हैं तुम्हारे साथ होने में।
तुम्हें प्रेमी कह देना तुम्हारी हत्या कर देने जैसा है
इसलिए मैं तुम्हारे नित नए चित्र खींचती रही हूँ आँखों के भीतर।
किसी को नहीं दिखाती। किसी को नहीं बताती कि मैं तरसती रहती हूँ तुम्हारे लिए।

तुम्हारे होने के संदेह में मैं कितनों से मिली, कितनों से अलग हुई।
और तुम इस तरह घात करते हो कि कहीं नहीं मिलते।
कहीं नहीं रहते तुम

●●●

कोई नाम तक नहीं दे सकी हूँ। न चेहरा है कोई
न गंध न स्पर्श। फिर भी क्यों मैं घुली जाती हूँ? रेशा-रेशा हवा में जैसे धूल उड़ती है मैं किताब थामे बैठ जाती है।
मैं बिखर रही हूँ। हवा के एक चुम्बन से मैं तैरती हूँ। फिर एक और चुंबन की ख़्वाहिश लिए बैठ जाती हूँ।
मेरे पास तुम्हारे चूमने के सपने तो हैं, यादें नहीं हैं। याद बन जाने के लिए ही सही, तुम्हें एक बार आना तो चाहिए ताकि मैं कह सकूँ कि क्रांति के लिए ईंधन है थोड़ा प्यार। कहीं ऐसा तो नहीं कि सिर्फ़ एक ख़याल बनकर रह जाने की आह से तुम राख़ हो चुके हो।

●●●

कहीं ऐसा तो नहीं कि हवा में घुली धूल के संसार का एक देश हो तुम। जो किसी खिड़की से किसी कमरे के भीतर दाख़िल तो हुआ है लेकिन तुम्हारे लिए बाहर निकलने का रास्ता नहीं है।न इस कमरे से न इस ख़याल से न ही इस ख़लिश से।
अब मुझे उन तमाम कविताओं को सहेज कर पास रख लेना चाहिए जिन्हें पढ़कर मैंने महसूस किया है, तुम्हारे न होने को।
महसूस किया कि तुम कहीं हो तो यहीं हो
मेरे इस ख़याल में। इस खामख़याली के आगे तो तुम कहीं नहीं हो।

39. मेरा मरना तय है।

जैसे तुम अभी प्राण रक्षा तंत्र के हवाले हो
और मैं तुम्हारी शल्यक्रिया में रत हूँ
ये तुम्हारे दिल का बाईपास है
और मैं डर रही हूँ
पहली बार हाइवे पर गाड़ी चलाने के जितना ही
धुकधुकी से भरा है यह।
प्यार के नाजुक पल में
तुमसे कुछ कहना।
कि एक रग भी हिली
और
मेरा मरना तय है।

40. तुम्हारी भाषा में

तुम्हारी भाषा में
प्रेमी के पास प्रेमिका की बालों में फूल खोंसना भी एक पूर्ण क्रिया है
तुम्हारे पास इसे व्यक्त करने के लिए भी एक पूर्ण शब्द है
तुम्हारी भाषा में मेरे सुख के लिए तुम हो
और मेरे पास देखो
न भाषा है न व्यक्ति है न प्रेम है
न शब्द है
या शब्द है
संज्ञा शब्द है विडंबना
कि मेरे पास तुम्हारा दिया दुख भी नहीं है
न अभिव्यक्ति है
न मौन है
पता नहीं यह क्या है
कोरी बड़बड़!

41. अभी बात नहीं कर पाएंगे

वह एक क्षण
जब मैं गिर रही होती हूँ
भ्रूण बनने के पूर्व
पिता के वीर्य में
एक श्वेत कणिका जितनी जुझारू किंतु अपंग।
जब ब्रह्मांड को खुद में मैं नहीं छू रही हूँ।
उस निर्वात में
जब मैं खोज रही हूँ
कि किस पत्ते के हरे पन में भरा हुआ है
मेरा प्राण
उस घड़ी में
जब शेल्फ की सारी किताबें गूंगी हैं
और निरीह जानवरों की तरह देख रही हैं
बस देख रही हैं
लगातार
बारिश की तरह
और मैं फेर नहीं रही हूँ
किसी चीज़ के चुप्पे से
अपनी आँख
बीती हुई यातना जब फिर से याद आ रही है
बुझी हुई आग की लपटें झुलसा रही हैं।
दुपट्टा देखते दरवाज़े दिखाई देने बंद हो रहे हैं
सिमटती हुई
उठ रही हूँ
फोन में डायल कर रही हूँ

पाँच में से पाँचों
दस संख्या के समुच्चय
बारी-बारी
पहले में-लाइन बिज़ी है
दूसरे में-दो बार लगातार घंटी जाती है
तीसरा नम्बर-व्यस्त रहता है , देर तलक
चौथा-बंद है
और पांचवे पर तीन घंटी जाती है
ट्रिंग ट्रिंग ट्रिंग
चौथी घंटी की आवाज़ कट जाती है
एक पंक्ति उभरती आती है नज़र
...अभी बात नहीं कर पाएंगे

42. आरंभिक शिक्षक

कैसे देख पाती हूँ मैं आँसू
आँख की कगार से फिसलते
बूंद बनते
वज़न से विवश होकर छाती के ऊपर
छन् से टपकते हुए
कमीज़ को सोखते हुए
आंसू की बूंद
पर देखती हूँ
देखती हूँ।
देखने के बाद कुछ और देखने की तैयारी में लग जाती हूँ
अगली कक्षा के लिए देर हो जायेगी।
आरंभिक शिक्षक हूँ।
डपट कर रुलाती हूँ नौनिहालों को
कच्ची नींदों से जगाए हुए हैं जो दो छौने नयन
उन्हें सच्चे सपने कहकर झूठ से भरती हूँ रोज़
उन्हें कुछ बनने की पताका फहराने का गौरव थमाके
छीनती हूँ उनसे मिट्टी में कुलांचें भरने का प्राथमिक सुख
हिरण को पसंद करने का नया बहाना बनाती हुई
कुछ तस्वीरों को चुनती हूँ शैय्या के पीछे की दीवार के लिए
जैसे शावक नहीं वे फूल हों
बेवकूफ़ बनाने की तनख्वाह उठाती हूँ
फिर कम कमाई का रोना रो लेती हूँ
जानती हूँ कि इनमें से कोई ही शायद कभी बन पाएगा कुछ जो वह बनना चाहेगा।
बेशर्मी से पूछती हूँ हर माह कि बताओ क्या बनना है तुम्हें

हालाँकि तुम भी जानते हो यह बात कि उन्हें मज़दूर की औलाद होने की विरासत संभालनी है
छुट्टी का आवेदन भर कर एक दो दिन मै कहीं घूमने का ख़्वाब पालती हूँ
जहाँ जाती हूँ वहीं मज़दूर संसार को सिक्के फेंकते हुए खरीदने का सच पुख़्ता करती जाती हूँ
मलाई खाने वाले अब दूध औँटाते हैं नई मलाई बन रही है
विरासत के लिए
व्यवस्था का सबसे बारीक़ पेंच हूँ
गाहेबगाहे कस दी जाती है व्यवस्था मेरे जैसों के चुंबक के सहारे से
पेंचकस जिस हाथ में है उसी के दिए रुपयों से छड़ी खरीदती हूँ इसके लिए
कि नागरिक बन रहे हैं इस फैक्ट्री में
आने वाले किसी कल के लिए।

43. हमदर्द

वे लोग,
जो अपनी स्मृतियों से प्रेम नहीं करते
वे अपनी उन्हीं स्मृतियों से रखते हैं अनन्य मोह
स्मृतियों को मरते हुए देखना
वे अपने स्वप्न में भी नहीं देख सकते
आगे बढ़ते हुए
पांव की छोटी उंगली से बांधे रहते हैं
उनके निर्दोष अपराध
और उनके लिए तय हुए वे सारे दण्ड
जिन्हें आँखों पर बंधी पट्टी के मानदण्डों के मुताबिक़ स्वीकार किया
सह लिया
वे दिन जो न्याय के लिए तड़प रहे थे
उन्हीं दिनों ने उनके भीतर के एक कण को दी
इतनी ऊष्मा
कि वे सामाजिक रूप से परिपक्व होने की मुखमुद्रा में साँस ले सकें
वे लोग इस क़ाबिल भले न बन सके कि इस दुनिया को अपनी शर्तों पे जी सकें,
अपने प्रति हुई क्रूरता को चुनौती दे सकें
प्रेम और न्याय
इन दो शब्दों को शब्दकोश के पन्नों से काट सकें
पर वे इतने सरल हो गए कि पानी न सही
लेकिन मख़मली हो गए
कि समय पर ओढ़े जा सकें
किसी को रुआंसा देख उसे चुप होने की हिदायत देने के बजाय
उसके पास बैठे रहें
जी भर कर रोने तक

फिर गले लगाकर उसकी पीठ अपनी थपकी से भर
कह सकें
तुम ही अकेले नहीं हो, दोस्त!
यहाँ अकेलेपन में हम तुम्हारे हमशक्ल हैं,
इतने ही अकेले और विवश
कि मिल नहीं पाते हमें
हमारे हिस्से के शहर
हमारी नदियों के किनारे
खुल कर साँस लेने के लिए।

44. विछोह

यह किस का विछोह है जो
आत्मा के पात के रंध्र से बनकर रिसता रहता है
प्राण नहीं स्वेद नहीं अंधेरा
आत्मा जो मेरी नहीं, किसी छतनार पेड़ की है
मेरा प्रेमी कोई पेड़ है
छायादार आसरा है
बियाबान में
कहीं और रहना नहीं
किसी का होना नहीं
ज्यों ही कोई समीप आए तो कांपती है देह
जैसे दीप की ज्योति कांपती है पदचाप से
भ्रम है शायद
हवा के छूने का
आग की देह
और फफकता दीया
जैसे आत्मा की छाल से बहता है गोंद
चिट्ठियों के मुख चिपकाने को
पर यह विछोह था कि होकर रहा
नहीं माना
सब को लगता है कि इन आँखों में बहुत सारा पानी है
इतना पानी कि समुद्र हैं
और मेरे कान हैं कि तरसते हैं समुद्र की आवाज़ के लिए
जैसे वहीं कहीं रहता है कोई
जिस से किसी शाम अनायास छूट गया होगा मेरा हाथ
मेरा हाथ ठीक उसके सुंदर हाथ जैसा दिखता है

नाखून नहीं, अंगुलियाँ नहीं, केवल हथेली
वह घर जहाँ रहती हैं रेखाएं
हाथ का रेखागणित रहा होगा जिस ने मुझे ऐसा बनाया
ऐसा। इतना अजीब। इतना अलग। इतना कहकर ही कहाँ मिट सकती है मेरी प्यास
मैं समुद्र के पास जाऊँगी
और मेरा विछोह जिस से है वह कहीं आगे
कहीं और दूर चला जाएगा
क्योंकि यह जो रिसता है शून्य मेरे रोम छिद्रों से
जो मुझे कहीं का रहने नहीं देता
वह मेरी हथेलियों में घर बनाकर रहता है।
बस मेरा शून्य ही है वह जो मेरे साथ रहता है। मेरा अपना बनकर।

45. जौहरी

तुम्हें जौहरी होना था
मुझे पहचानने के लिए स्पर्श ही काफ़ी था
फिर मैंने उसे ऐसा क्यों कहा एक दिन,
-तुम्हें क्या पता मैं कौन हूँ?
मैं कौन हूँ?
यह जानने के लिए तुम्हें जौहरी होना था
जगप्रचलित दम्भोक्ति में
मेरा विचार कुछ देर की शांति के बाद
मेरे भीतर फिर से चेहरा बदलकर आया
कि कैसी इच्छालु हूँ मैं
अपने को परखे जाने के लिए!
अपना अवमूल्यन चाहती हूँ!
मानो हो भी जाये मेरा आकलन
तो भी क्या मैं कर सकूँगी स्वीकार
हीरे-सा कठोरतम होना!
कोयले की खदान में पूरी उम्र पड़े रहना
किसी पारखी की नज़र पड़ने तक
अच्छा है कि वह नहीं था जौहरी.
नहीं तो जड़ देता मुझे मुँहदिखाई की अंगूठी में
यदि परिभाषा से मुक्त कर दिया जाये मुझे
तो चुनूँगी अपने होने में राख का रूपक
ताकि मुझमें रूपांतरण बचा रहे
छिपी रहे जीवन की धरोहर
और संजोई रहें चिंगारियाँ
क्योंकि सुबह चूल्हा तो मैं ही फूँकूँगी.

46. प्रसव

छाँव में भी तो मुट्ठी भर अंधेरा है
और तुम्हारी छाया में भी
चांद के उस पार भी अंधेरा है सूरज के उस पार भी
जो कुछ भी जिसे भी मैंने नहीं देखा वह सब कुछ मेरे लिए अंधेरे में ही है।
अंधेरा ही तो है जो मकान बदलने के बाद भी सोने के कमरे में लेटे हुए मुझ पर छाता तान देता है
और मेरे भीतर पुराने मकान के सोने के कमरे का दिशाबोध जागने लगता है
तब
तब लगता है वहीं सोई हूँ मैं
पुराने कमरे में याकि जननी के गर्भाशय में ही।

अभी जन्मी नहीं हूँ
सुबह की पहली किरण के फूटते ही
मेरा प्रसव हो जाएगा।

47. स्वेटर बुनती औरतें

कहाँ गुम हुईं वे औरतें
जो मेरी पीठ इस जगह उगने से बहुत पहले
इसी अहाते में बैठी
बफ़ाई ऊनी लच्छियाँ लिए
स्वेटर बुनती थीं
धूप में बैठी वे औरतें जो नई थीं या पुरानी
पर नौकरीपेशा थीं
जिनकी मैं हमपेशा हूँ
आख़िर आज वे गुम हैं।
उनके स्वेटर बुने जाने के किस्से होठों पर चस्पां हैं आज भी
किसी परदे की तरह जैसे कि
उन्हें उन औरतों की त्रासदियों से कोई सरोकार नहीं है
उन्होंने नहीं देखे हैं उन के चेहरे बस उनके बुने स्वेटर पहन पहन बड़े हो गए हैं
जवान होती सदी जैसे निर्लज्ज और मुंहफट
कि आज़ादी औरतों की स्वेटर बुनने के नाम पर दूषित कर दी गई
वे महज़ औरतें नहीं थीं, नौकरी करती औरतें थीं।
जिनकी नौकरियों के नतीजों को आप के पुरखे
अपनी अतिरिक्त कमाई जानते थे
लेकिन मानते नहीं थे
कहते थे कि वे देते हैं छूट उन्हें परदे से बाहर आने की
छूट पढ़ने की पढ़ाने की आने जाने
घर का खाना पकाते हुए बाहर जाकर कमाने की
बस एक काम स्वेटर बुनना उन्होंने अपनी मर्ज़ी से किया था
असल में वह भी कहाँ था उनके अपने लिए
स्वेटर के रोमांस में

कहीं उनके मालिक थे तो कहीं उनके तमाम रिश्तेदार
स्वेटर बुनती औरतें घर को अपने झोले में रख लिए चली आती थीं
फिर दो सलाइयों पर बुनती रहती थीं अपनी चिंताएँ
कभी अपने वर्तमान मालिक के लिए कभी होने वाले मालिक के लिए।

48. अंगूठे

अंगूठे पानी के बने नहीं हैं पर टपकते तो हैं
अलग अलग चीज़ों के टपकने के अलग अलग सलीके हैं
जो बेआवाज़ होते हैं
पर आवाज़ में न होते हुए भी
होते तो हैं
कि ढके हुए है जो, वह सारी त्वचा तो मरती नहीं
कुछ त्वचा कटने/छिलने/जलने के अलावा
एक गुम घाव के पकने पर
टप्-टप् की चुप आवाज़ के साथ चलने के लिए भी होती तो है
टप्-टप् केवल अश्वों के टापों से या नलके की बूंदों की विवशता से ही नहीं
यह त्वचा से भी जुड़ा है
पता नहीं त्वचा पर इस तरह लिखना
सही होगा भी कि नहीं
पर स्पर्श पर तो लिखा ही जा सकता है इस तरह
बल्कि इस संभावना पर थोड़ा सा कंधा टेका जा सकता है
खोजा जा सकता है प्रेम
आत्मीय को
कविता की पंक्तियों में लिख भेजने के लिए
एक जगह करीब डेढ़ हज़ार कविताएँ लिखी मिल गईं
प्रेम पर
पर स्पर्श पर
क्यों छूट गईं
कविता में लिखने से कहाँ लिखा जाता है अनुभव
जैसे कि अभी
जलते हुए माथे पर तुम्हारे

कोई हथेलियाँ सहला दें
यही अच्छा हो-
इस से कि मैं हथेलियों पर एक गद्य कविता लिखूं
और बरसों बाद मेरी तरह कोई खोजे स्पर्श पर कविता
और जाने
कि लिखने से कविता नहीं लिखी जाती
जी लेने से
उतर आती है
त्वचा की नदी के उस पार
टपकती है अनुभूति
पूर्व में जो बहता हुआ सुख है, पश्चात दुख भी वही
टपकता हुआ

49. अति धीमा है संगीत

जन्म रौद्र है।
तुम धीमे रखो पांव कि जीवन है सरोवर।
तुम्हारे आते ही जाग जाती है पृथ्वी की देह।
प्रचंड हो उठता है समय।
चक्की तेज़ चलती है दुख की।
तुम्हारी प्रेमिका बहुत धीरे से रोती है
उस के दुखों में सम्मोहन है।
मत आना
सुनने
झांकना मत कि कौन गाता है एकांत में?
बहुतायत है तुम्हारी प्रेयसी के जीवन में दुख
दुख का अति धीमा है संगीत

50. आप कहाँ हो, मिस संध्या सक्सेना !

पूरे उन्नीस साल बाद की पुकार है यह
मैं खोज रही हूँ आपको
पता नहीं इस आवाज़ और चेहरे को आप पहचान पाएंगी या नहीं।
सच है कि पूरे उन्नीस साल मुझे भी आप याद नहीं आईं
इस साल भी नहीं
लेकिन इस क्षण में
मुझे सिर्फ आप याद आ रही हो।
यह जादू एक कविता में एक पंक्ति में निहित मंत्र का है
जिसे पढ़ते-पढ़ते
बीच में आपका चेहरा आंखों के ठीक सामने प्रकट हो गया है।
ठीक अभी
किताब मेज से फिसल कर जमीन पर गिर पड़ी है;
क्या मैं
मेरे उस चेहरे और इसी नाम के साथ
आपकी स्मृति में रह गई होऊँगी?
क्या आपको मेरी याद आती होगी?
क्या कभी मेले, ठेले, भीड़, बाज़ार में टकरा जाने पर आप
मुझे मेरा नाम लेकर पुकारेंगी?
मिस संध्या सक्सेना
आप एक रोल मॉडल की तरह
जीवन के हर क्रियाकलाप में शामिल होते-होते
जाने कब धुंधली पड़ गईं।
यह ठीक अभी की मेरी शर्मिंदगी है।
'शैली' के नाम में पी. बी. को 'पर्सी' 'बिशाय' और 'शैले' का उच्चारण सिखाते
उनकी कविताओं की चमकदार व्याख्या करते हुए-

आपकी ओर मेरा देखते रहना
कविता की खिड़की से देखने का अभ्यास
मेरी तरह पता नहीं
और कितनी आँखों के दृश्य में
कविता ला पाया-
यह आपको भी पता नहीं होगा।
मुझे भी नहीं पता।
शायद इस साल भी
आपने मेरी-सी किसी लड़की को
आप-सा होने की चाबी थमाई हो।
कॉलेज की लॉबी वाली आपकी वह अलग-सी चाल मुझे कितनी प्रिय रही थी
उन दिनों में आपको मैं नहीं बता पाई।
लम्बे अवकाश में
अपना जीवन रचा बसा कर
मातृत्व को जीते हुए भी
एक संगीत का-सा मधुर तारतम्य देती रहीं-
उन दिनों
लगता कि सिर्फ़ मेरे लिए
आप वक्त की पाबन्द थीं।
चाहे तो यह भ्रम हो
लेकिन मुझे लगता था कि आप
मुझमें अपने खुद को देखती थीं।
रोज सुबह बरेली बस अड्डे से
कितने बजे बस पर चढ़ती थीं?
यह मैंने आपसे पूछने का साहस नहीं किया।
और पूछने का कोई तुक या तर्क भी नहीं था मेरे पास।
बस एक विचार
जो इतने दिनों तक शीतनिद्रा में सोया हुआ था।
मिस संध्या सक्सेना
लगभग एक दशक से कम ज्यादा
फेसबुक है, इंस्टाग्राम है, ट्विटर है।
आप भी होंगी यहाँ
मैं भी हूँ।
पिछले दो बरस से लोग डूब रहे हैं
उनके साथ होने के आभास भी छूट रहे हैं

पर देखिए
आपको खोजने का खयाल तक नहीं आया!
मिस संध्या सक्सेना
तब की मिस संध्या सक्सेना जितनी बड़ी होकर
अब मैं उसके भी आगे आ गई हूँ।
लेकिन आपकी चाल में चलना सीख नहीं पाई।
अपनी पहनी साड़ियों में
खुद को देखते हुए
शायद आप ही झलकती हैं मुझ में
बताना चाहती हूँ आपको कि
आप से बहुत सीखने के बाद भी कुछ छूट गया है
जानने, कहने को
पूछना चाहती हूँ कि
मेरे सपने के बारे में पूछ भर लेने के बाद
क्या आपको इच्छा नहीं हुई
कभी यह जानने की कि मेरे उस सपने का
आख़िर क्या हुआ!
यह साल का आख़िरी दिन है
और इस बीच
जमीन पर पड़ी वह किताब
मेरे बच्चे ने उठाकर ठीक
मेरी छाती के सामने रख दी है।
जिसमें बाकी की आधी कविता
अपने पढ़ लिए जाने के
इंतज़ार में है।
अब मेरे पास
'इलियट' के 'जे. अल्फ्रेड प्रूफ्रॉक के प्रेम-गीत' की तरह
एकदम नीरस फिलॉसफी नहीं बची
जिसे आप तक सवाल के रूप में पहुंचाना चाहूँ
अब मेरे पास
वैसी ऊब से भरी
बातों की शक्ल लिए कुछ कविताएँ हैं।
मुझे आपको आवाज देनी है
बताना है कि आपको पूछना चाहिए
वह कौन सी कविता है

जिसने मुझे आप तक पहुंचा दिया?
आपको पूछना चाहिए मेरा हाल क्या है?
आपको पूछना चाहिए मैंने इतने अंतराल में क्या
हासिल किया और कितना खोया?
मैं कितना बदली और कितनी पहले-सी रह गई?
एक प्रोफेसर और एक छात्र के बीच
पाँच साल और सैकड़ों लेक्चर के बाद
इतनी आत्मीयता तो बचनी चाहिए।
अगर पहुंचे मेरी आवाज तो
मैं बताऊँ आपको कि
मैंने बार-बार आपकी पढ़ाई प्रेम कविताओं में
ब्राउनिंग की नायिका 'पोर्फिरिया' के बारे में
सबसे ज्यादा सोचा
जिसकी पतली सुराहीदार गरदन को
नायक ने
मिलने और बिछड़ने की उस ठंडी रात
उसी के लंबे, सुनहरे बालों से
तीन बार लपेट कर उसका दम घोंट दिया
जिसने कोई सुंदर प्रतिरोध नहीं किया
उस साझा मृत्यु का वरण करना
क्या प्रेम में साथ न होने से
अधिक आनंददायक था?
मरने के बाद उसके चेहरे पर वही मुस्कान तैरती थी,
जो मैंने कई जीवित स्त्रियों के होठों पर भी देखी है।
आए दिन मुझे,
नायक और नायिका के बीच घटी
उस रात की घुटन जैसा,
अपनी छाती में महसूस होता है
एक आध बार तो लगा कि
जीवन को खत्म हो जाना चाहिए
अलबत्ता एक-आध बार मैंने
इस अनुभूति से दूर भागने का प्रयास भी किया;
फिर किसी रोशनी ने चौंका दिया
कि वह सपना है!
क्या आप ने भी यह जिया था?

या सिर्फ़ पढ़ा, पढ़ाया
और छोड़ दिया था!
यह बीहड़ विचार व्यग्र किए जा रहा है कि
इस अंतराल में
आपको मैंने क्यों नहीं पुकारा?

51. पुराना लॉन्ग कोट

हर सर्दी में शहर के छोर पर बिकते हैं तमाम ऊनी कपड़े। सब जानते हैं वे पुराने हैं लेकिन कुछ अलग होते हैं ये ऊनी कपड़े।
नए के जादू और पुरानेपन के अछूते से दूर
तुम मुझे वहाँ कभी खड़ा नहीं होने देते।
तुम जो कि मेरे कोई नहीं हो, न कहीं हो, न कुछ कहते हो पर रोक लेते हो मुझे।
क्या तुम वही लकीर हो जो एक पौराणिक स्त्री के पुरुष के भाई ने बनाई थी। वही प्याला हो जिसे आठ सदी पहले एक औरत को पिलाया गया था, ज़हर भरकर।
जबकि सर्दी लगा करती है। अकेले सोने में पांव गरम नहीं होते।
फिर सर्दियों की रातें कुछ ज़्यादा लम्बी होती हैं–
मुझे ओढ़ लेती हैं
ज़रा परवाह नहीं करतीं
ठिठुरते हाथों को कोई गर्म सीना नसीब नहीं तो क्या?
मैं उस जगह खड़ी होकर अपने लिए कोई गर्म लम्बा ओवर कोट
क्यों नहीं खरीद लेती!
ये किसी अनजान की उतरनें हैं। पश्चिम की उतरन जो बताती है कि कुछ भी इतना डिस्पोजेबल नहीं कि मिट सके। शायद पश्चिम के रईसों के कपड़े या शायद उन लोगों के जिनके पास बैंक की कुर्की से बचने का कोई रास्ता नहीं या कि शायद ये कपड़े वहाँ किसी नेकी की दीवार पर टांगे गए हों और किसी व्यापारी ने भिखारी बनने का स्वांग कर पोटलियाँ उठा ली हों।
बहरहाल ये पुराने मगर साफ़ किए धुले और इस्तरी किए तह लगाए कपड़े हैं। गर्म और नए अंदाज़ के जिन्हें फ्रांस में फैशन कहते हैं उसके दायरे के बाहर लेकिन बहुतों की तलब के लिए ज़रूरी और खूबसूरत हैं।
मेरी ख्वाहिश रही एक बार की लंबी सर्दियों की
कि एक ऐसा कंबल हो जिसे लपेट कर सोने से लगता हो कि तुम मेरे पास हो–
बहुत बहुत पास–जो कि वहम होगा।

पर अहम होगा नींद के लिए।
इस बरस मैं देखती हूँ कि ऐसे कंबल की ईजाद की जा चुकी है।
कि बस ओढ़ लो और लगे कि वह तुम्हारे साथ है एकदम करीब।
मतलब कि कोई ऐसी टीस नहीं जो सिर्फ और सिर्फ मेरी देह को जीने न देती हो।
जैसे एल्युमिनियम के तार पर एक साथ ढेरों कपड़े निचुड़ते हुए
सूखते हैं। उनसे भाप उठती हैं, फिर पानी मिट जाता है। सिर्फ़ कपड़ा बच रहता है,
सूखा और सुख से भरा ऐसे मेरे संग जैसे नहीं रहते हो तुम
तुम जाने कितनों के ही साथ नहीं रहते।
अगली बार जब भी मैं एक पुराना लॉन्ग कोट खरीदने का सोचूं। रोकना मत।
खरीदने देना।
भ्रम में ही सही, पर इस तरह जीने से थोड़ी आसान हो सकती है ज़िंदगी।

52. बचना-बचाना

आप नहीं बचा सकते कुछ
न रुपया, न वक्त, न इज़्ज़त, न ज़रूरत
न कुछ और
'कुछ और' में कितना कुछ 'और' बनकर आता जाएगा
'कुछ और' की झोली फिर भी खाली रह जाएगी
'कुछ और' संभावना का नया नाम नहीं है फिर भी
'कुछ और' कहकर अनंत संभावित चीज़ों की तरफ़ इशारा कर देते हैं आप
हर कोई जान समझ लेता है अपने अनुसार
हर कोई जान लेता है कि वह कुछ नहीं बचा सकता
न बच सकता है खुद के बारे में बनाई राय से
न जान सकता है कितने गहरे पानी में है उसका वजूद
कल्पना में जीना सुख है– सोचकर,
बात-बेबात की सफ़ाई दे सकते हैं आप।
कल्पना करते हुए कि लोग अपनी राय की कंघी से
आप पर लगे दाग़ों की पीठ खुजा लेंगे।
और आप के बारे में अपनी राय साफ़ कर लेंगे।
लेकिन साफ़ तो कुछ नहीं बचता
यह भी तो जानते ही हैं आप
साफ़ सुथरे कमरे में अगले ही पल
आ बैठती है नई दुनिया और ताज़ी धूल
आप के बारे में कैसे कोई रख सकता है
एकदम आपकी कल्पना की राय
कोष्ठक में निष्कलुष भाव।
मां-बाप और दोस्त भी एक दिन उकता जाते हैं
सहोदर साथ नहीं आते

साथी ऊँघते रहते हैं
आपके सच से,
और सनकी
कोष्ठक में हकीकतपसंद
सुन दूर हो जाते हैं आप।
आप तब मुस्कुराते हैं
जबकि चुप होना
कोष्ठक में रोना
चाहते हैं आप।
मुस्कुराते हैं आप
क्योंकि अपने रोने की जगह
कोष्ठक में कोष्ठक
नहीं बचा सकते हैं आप।
आप मुस्कुराते हैं
क्योंकि आप रोने से तो बच सकते हैं।
मुस्कुराने से
कोष्ठक में खिसियाहट छुपाने से
बच नहीं सकते हैं आप।

53. उसे प्यार करना

उसे प्यार करना
बर्फ की-सी सख़्त दोपहर में
अपनी जेब में हाथ डालने जैसा है
कि आत्मा के कपड़ों की आंच
आत्मा के जिस्म से ही पैदा होती है
कि जब
उसके साथ मैं होती हूँ
जाने कौन किसकी जेबों में हाथ डाले रखता है
इतना ज़रूर है
कि तब
हम दोनों में से
किसी को भी
ठिठुरन नहीं लगती।

54. कबीरपंथी की तरह

उस घास फूल को नहीं आता गश
जिसे देख रहा कोई पर नहीं याद रख रहा
उस अनाम घास में उगे जिसका नाम शायद मुझे ही नहीं है पता
किसी अभी अभी जन्मे शिशु की तरह
कुमुनाई सी देह लिए नन्ही टहनी पर किसी मोटिवेशनल यूट्यूबर से नहीं है उसकी चुनौती
यह उसकी तारीफ़ नहीं है कि वह खिला है
वह खिला है क्योंकि उसे भाग्यवशात वहीं खिलना पड़ा
संयोगवश कोई बीज आ गिरा सड़क किनारे
और साजिशन उसी शाम हुई बारिश ने उसके पैदा होने की पूरी संभावना बनाई
फिर धूप ने सीढ़ी तैयार कर दी
अब तो उसे खिलना ही था सड़क के किनारे
नाले की मुंडेर पर
गुलदाऊदी के पीले रंग और झालरदार पंखुड़ियों वाला
मगर छोटा
पढ़ाई लिखाई और सभ्यता की निराई छंटाई से कोसों दूर
पारिस्थितिकी में युवा होते किसी कवि की तरह
सामाजिकता और पढ़ाई लिखाई के विशेषाधिकार के दायरे बाहर
कबीर पंथी की तरह

55. दर्पण

दर्पण पर कविता लिखने की क्या ज़रूरत है?
बस झांक लो जैसे पोखर में देखते हो जल में अपनी हिलती डुलती काया
जैसे झरते हुए पत्ते देखते हो आती हुई सर्दियों में बारिश की तरह
जैसे देखते हो देवानंद को नहीं खुद को राजू गाइड में
बदलते नहीं ढलते नहीं
होते हुए बस
दर्पण में खुद को होते हुए देख लेने से ही पूरी हो जाती है
एक दुनिया
कल्पना और सचाई की आँख मिचौली के खेल की शुरुआत में
दर्पण में ही देखती होगी वह स्त्री
पहले
इतवार के ढलने के पहले तक की बैठक में जाने से पहले
अपनी लिखी कविताओं के पन्ने अपने झोले में भरने के बाद
एक घूंट पानी पीने और घर से निकलने और
कविता पढ़ते हुए खुद को सोचने के पहले भी
बस एक बार।

56. पुरखिनें

खुली चाँदनी में पड़ी सूखती है उनकी ग्रीवा
घोषित रूप से एक पवित्र नदी तक नहीं है यहाँ
उनका दु:ख का साझा है
कि जीवन उपरान्त जो उन्हें मिल जाता
छँटाक भर पावस
तिल और कुश भर तर्पयामि का अंकुरण
तो प्रस्फुटित हो जाते उनके मुख
ममत्व से भरे
और भी सुंदर हो जाती सृष्टि
घोर अमावस में मुँह छुपाए मोह से कोई रो देता जो
उनकी अनुपस्थिति पर
उनके नाम पर क्षमा की स्थिति में गिनता मिट चुकी क्रूरताएँ
किन्तु ज्यों ज्यों उठता गया प्रेम से उनका विश्वास
झरते चले गए कच्चे नाखून आस्था के
वे मौन में उतरती चली गईं
अब वे अर्धरात्रि में नहीं, भोर में सीढ़ी खोज लाती हैं
स्वप्न में उतरती हैं
पानी पानी पानी
बस पानी माँगती हैं
तुम इतने विवश हो संसार
कि तृप्ति तो दूर
आश्वासन तक नहीं दे सकते उन्हें
पवित्रता का!

57. यह नहीं लिखना था

मुझे यह नहीं लिखना था
इस तरह नहीं करनी थी शुरुआत
पर क्या कर सकती हूँ
अगर धकेल दिया गया है
वाक्य का पहला वर्ण
सबसे पहले
फिर शब्द और वाक्य के अनुशासन में
अनेक पृष्ठ
मंद गति से माँ का हाथ थाम चलते सवा साल के बच्चे की तरह
प्रविष्ट हो जाता है एक पूरा जीवन
हमारे बीच
चला जाता है उठकर
जैसे ऊब कर बाहर निकल जाती है भाप प्रेशर कुकर की सीटी के साथ
जैसे मंदिर में चल रहे प्रवचन से उकताया हुआ मोहल्ले का आस्थावान आदमी
जिसे आज बिल भरना था और
अभी ही फोन पर बिजली की बढ़ी हुई दरों के बारे में पता चला है
जो हो चला है निस्संग
उस जगह से जहाँ वह है
यह भी सत्य है
इस तरह नहीं करना था
जीवन में आए हुओं और गए हुओं को परिभाषित
पर क्या कर सकती हूँ !
मेरी भी सीमाएँ हैं
प्रेशर कुकर की धारिता के जैसी
चले गए उस आदमी की जेब की तरह।

58. शहर अब ऊब से भरा नहीं

शहर अब ऊब से भरा नहीं
यह ठंडे जोश की डी एन ए जाँच के लिए जाने वाली कोशिका दिख रहा है
यहाँ हर आदमी में बुद्धत्व उतर आया है
अब चौराहे पर जाम में फँसी गाड़ियाँ कुलीन घरों के शरीफ़ बच्चों की तरह चुप रहती हैं
शहर भर में कोहरा दिखता है
आसमान की ग़ैर-मौजूदगी की तरह
शहर के चालीस पार वय के क्लब ने एक साथ फैसला किया है
वे अपने सिर माथे रखेंगे आरोप
संस्कृति के बिगड़ने का
उन्होंने सर्कुलर जारी किया है
कि वे खिजाब नहीं खरीदेंगे।
शहर के बाल सफेद हो रहे हैं
शहर ने सफेदी को अपना लिया है।
पर स्याह को नहीं छोड़ा है
अभी शहर ने
मिसाल के तौर पर
शहर के बाहर सिकुड़ती नदी को देखा जा सकता है।

59. बहुवचन

मैंने जितने किए अपराध
उनका स्वीकार किया बहुवचन में
जितनी कातरता थी, बहुवचन के हिस्से आई
मैंने क्षमा को दिया जन्म और होने दिया उन्हें बहुवचन
अपनी ग्लानि छुपा आई बहुवचन में इस तरह
कि निर्लज्ज होने की शर्म से भी बची रही
कहा 'तुम' 'हम लोग' और जाने क्या क्या!
–
छुपा रहा
वह कोई एक
मालूम था
बहुवचन एक आंधी है
जिस में धूल धक्कड़ के साथ
बहुत कुछ बह जाता है
कहीं दूर अज्ञात में जाकर थमता है।
थमा हुआ अपराध किसी की पहचान में नहीं आता

60. अचानक से हुआ

अचानक से हुआ
लगा शोर बढ़ गया आसपास
भीड़, उजाला, ऊहापोह, परदे और पोशाकें
लगा ऊब नहीं है कहीं
लगा अभ्यस्त हो गए हैं चेहरे
लगा शांत होना एक दुरूह काम है
लगा 'घर' खाँसी से बेहाल है
लगा तिल बराबर भी जगह नहीं है कहीं मेरे अनुपात में
कैसे रहूँ!--क्या मैं बाहर चली जाऊँ!
कहाँ जाऊँगी!
यह कमरा नहीं है, जगह है। पूरी जगह।
जगहों से भरी हुई जगह
जैसे मेरा दिल है
जगह
जगहों से भरी हुई जगह है मेरा दिल
क्या दिल भी सोचता है दिल से बाहर जाने के बारे में
भरा हुआ उलझे तारों से
बिना दिल के मैं कहाँ जाऊँ?

61. नीरस

रसहीन जीवन में
नीरस को भी रखो वर्जित क्योंकि नीरस का भी होता है एक रस
इतनी नीरसता बिखर चुकी है चारों ओर के भूरेपन में कि
अब नीरस का संगीत बजता है
एक प्रत्यय के साथ
याद आते हैं बहुत सुंदर कहते वे सब लोग जिन्होंने नए आयाम गढ़े असुंदर के
यह किसी पुरा सदी का सत्य नहीं है
कि स्त्री व पुरुष काँच की सृष्टि में पानी की तरह समझ रहे थे खुद को
खुद में संभावना खोजते हुए
खोज रहे थे वे
मछलियाँ

62. ऑफलाइन

आड़ू के गूदे जैसी सुबह है यह
रंग और स्वाद में
गंध में कुहासे जैसी
स्पर्श में खाली
जैसे आड़ू खाने के बाद रह गई हथेली
छू कर अछूती
जानते हुए
न्याय है
भाववाचक संज्ञा।
है उदाहरण की तरह
अप्राप्य।
जानते हुए
निष्ठा में गुम्फित अपराध है
आशा
इस तरह करती हूँ न्याय
कि एक स्मृति के खुलेआम सिर उठाए घूमते रहने को करती हूँ
खुलती धूप में स्वीकार;
यूट्यूब पर
सिल्विया प्लाथ की कविता का अनुवाद सुनने के बाद
नहीं सुनती
दूसरी कविता
इस तरह करती हूँ न्याय
ऑफलाइन हो जाती हूँ।

63. अखबार

टेलीविजन बंद पड़ा है
पर यादें खुली पड़ी हैं यहाँ
याद कि जब खुलता टेलीविजन।
एक स्त्री हाथ में माइक थामे
बोलती, मैं सुनती।
शायद सवाल करती–
सवालों की भाषा में बोलती वह।
मैं बोलते हुए भी उस तक मेरे सवाल नहीं पहुंचा सकती थी।
उन दिनों
ज़ब एक खबर पर खौल जाता था सारा देश
फिर यूँ हुआ
कि टेलीविजन बंद पड़ गए। बच्चे घरों में कैद हो गए
ऐसा होगा तो प्रेसों में पड़ जाएंगे एक दिन ताले
पर अभी
चूल्हे में आग नहीं है और मुझे पीनी है चाय
उठा लिया है एक बासी अखबार।
पूरे पन्द्रह पन्ने और
लगा दी है आग
जिन पन्नों से कभी ख़ौल जाता था पूरा नक्शा।
लपट में नहीं है इतनी भी आँच
कि एक प्याली चाय ख़ौल सके।

64. संवेदनशील

लोग, जो हमें प्यार नहीं करते-
प्यार के नाम पर वे
हमसे रखते हैं एकदम सामान्य बर्ताव
इतना भरापन कि किसी भौतिक कमी की शिकायत के लिए
वे कोई जगह बाक़ी नहीं रखते
साथ रहते हैं, एक निश्चित दूरी के साथ
जैसे सौर-मण्डल के ग्रह रहते हैं अपनी हदों में
अपनी धुरी और अपनी रेखा पर घूमते हुए
निबटाते हैं खुद को अनन्त काल के हिसाब से,
किसी आत्मीय विस्फोट से बचाए रखते हैं
जिन्हें यह नहीं पता कि हमारे जीवन में
उनसे जुड़ी किन अपेक्षाओं के लिए निर्वात है
कौन सा शब्द है जिस के लिए जगह खाली है
वह खाली जगह जिसे उन के सिवाय और कोई नहीं भर सकता
लोग जो बहुत संवेदनशील हैं,
इतने संवेदना से भरे हुए कि देश-विदेश के मुद्दों पर, अड़ोस पड़ोस के लिए,
तालिबान की क्रूरता, अफगानिस्तान के पतन,
धर्मांतरण पर उन के भीतर इतना गीलापन है
कि कभी भी फिसल सकते हैं
टूट सकते हैं हमारे अस्थि पंजर साथ-साथ
इतने व्यापक कि दूर की दृष्टि से उन्हें सब दिखता है
पर अपने सब से पास की पीड़ा की नब्ज़
उनसे पहचानी नहीं जाती
हमें उन लोगों का आभारी होना चाहिए।

65. कौन रोक रहा है?

आत्मा-वात्मा तक कैसे पहुंच जाते हो तुम
मुझे नहीं पता
जबकि तुम तो जानते तक नहीं यह कि
तुम्हें प्यार करने वाला शख्स कहाँ है और वह कौन है
या कौन है वह जो घर में ही है
और भूखा है अपमानित है
बिखरा हुआ या रुआंसा-सा
याकि मोहल्ले के किसी मकान में
वह कोई खुदकुशी की कगार पर पहुंच गया है
कौन किश्त नहीं भर पा रहा
कौन गांव में पैसे नहीं भेज पा रहा
वह कोई-कोई अपना भी हो सकता है
भाई, साथी, बच्चा या तुम खुद भी
याकि वह कोई तुम्हारी मैं भी
और
ज़रूरी नहीं घर मोहल्ला शहर
लेकिन शहर तो बहुत बड़ा है तुम्हारा।
तब क्या यह घर!
यह तीन कमरों का ढांचा और बालकनी।
यह मेज कुरसी सिंगारदान लैंप लिनेन की
सफेद कमीज़ क्रोटॉन की हरी रोशनी वगैरह?
और देश ? कैसा देश? कितना बड़ा?
एक बार में तो क्या दस बार में भी घूमने से नहीं होता पूरा
होता है क्या सबसे बड़ा देश?
समुद्र और पहाड़ से घिरा जंगल और इंसानी जानवर

अगर हां
तो फिर यह सारी दुनिया कहाँ है जो गेंद है
गोल घुमाई जा सकती है कि ऐसी दिखती आसमानी
अंतरिक्ष से
रूमानी घूमने के लिए। छूती नहीं बस छूना चाहते हुए तुम्हें
कितनी जगहें
प्रेम करना चाहती हैं तुमसे
छूना चाहती हैं तुम्हें
और तुम्हारे तलवों को समो लेना अपनी मिट्टी की मुलायम याद में
आत्मा जैसी हवा पर सवार खुशबू को देखने के लिए कौन सा चश्मा उतारते हो
कौन सा कपड़ा बाँधते हो
क्या वही
जो तुम्हारी आँखों के काली गोलकों में रोशनी की
एक बूंद की तरह टिमटिम करता है।
बताता रहता है कि खुश हो चाहे उदास हो
लेकिन जब तक वह बूंद चमचमा रही है
कम से कम तब तक मर तो नहीं गए हो तुम
और जब तक ज़िंदा हो
तब तक तुम्हें इन कच्चे अनजाने रास्तों पर उगने वाली जिद्दी घास के पीले नीले
गुलाबी सफेद और बैंगनी पिद्दी फूलों से प्यार करने से कौन रोक रहा है?
कौन रोक रहा है रेत के घर और मिट्टी के बरतन बनाने से
बारिशों में भीग जाने से और नग्न पीठ गीली दीवार से लगाने से
तारों की छांव में दूर भटक जाने से
अकेले में अपने साथ हो जाने से
और अपनी देह की देहरी पर बेशर्त बैठ जाने से
अपने घाव पर मल्हम लगाने से
धरती की छाती पर एक पौधा रोंपने से
कौन रोक रहा है तुम्हें?

66. गहरी जड़ें

गहरी जड़ें सींची नहीं जातीं।
अपनी नमी का रास्ता जड़ें आप बनाती हैं।
जड़ें खींचती रहती हैं अपनी ओर जीवन भर।
जड़ें गुरुत्वाकर्षण का सबसे पहला सबक जानती हैं।
जड़ों को ब्रह्मा कहने में संकोच मत करना।
वे ब्रह्मांड का सबसे प्राथमिक रहस्य जानती हैं।
वे आदि माताएँ हैं।
जड़ों की देह का रँग मटमैला हैं
लेकिन जड़ों की आँख की पुतली का रंग सब्ज़ है।
एकदम गहरा हरा। किसी पुराने तालाब की देह पर जमी काई जैसा चमचमाता झिलमिलाता हरा रंग।
जड़ें ही हैं जो मेरे अंदर प्यास को समझने की उत्कंठा पैदा करती हैं।
गहरे उतरने की लालसा बढ़ाती हैं। जड़ें ही हैं जो हाथ थामे दिखती हैं एक दूसरे का और मुझमें किसी साथी के हाथ थामने की इच्छा का व्यूह रचाती हैं।
सदियों तक रहती हैं जड़ें।
शायद पृथ्वी के अंत तक रहेंगी जड़ें जो इस मिट्टी की देह की नाल हैं।
जिन्हें सावधानी से नश्तर से काटने के लिए दौड़े आएंगे पूंजीपति और बाजारवादी।
पर दीवार पर पक्षी की तरह बैठी मिल जाएंगी जड़ें
किसी नन्हें पीपल की

67. रात की कलाई और इलायची का दाना

लोग दिल के दौरे से मरते हैं मन के दौरे से नहीं
और दिल प्यार नहीं करता मन करता है
सारे गाने दिल के लिए लिखे गए हैं
दिल ये...दिल वो...
जबकि दिल बेचारा
थक गया है गाने सुन-सुन कर उसके सिर पर रखे इल्ज़ामों का बोझ
ऐसे दौर में जब मन को मान कर निकल आई हूँ
एक जगह से बाहर
छाती में भारीपन लिए
दोस्त से कहती हूँ अंतिम इच्छा
दोस्त भी पूरी दुश्मन है
अंतिम और इच्छा दोनों शब्दों का मन समझती है।
क्या जाने कि प्यार में औरत
दुआ देती है कि बद्दुआ
पर जो भी कहती है वो यही कि वह साथ रहेगी हरदम
और इधर मैं
बस इतना कहकर छोड़ती हूँ उस रात की कलाई में इलायची का दाना
कि एक दिन एकाएक से मर जाता है दिल का धड़कना बन्द होने से आदमी
आदमी सीने पर बोझ लिए फिर रहा था
जिसका भार किसी कार्डियोग्राम में नहीं आता
कोई ई सी जी रिपोर्ट नहीं बताती आदमी दिल के दौरे से मरेगा कुछ ही दिनों में
दोस्त से अंतिम इच्छा में कहती हूँ कि लिखे एक खत
मेरे नाम से
और दोस्त भी
दिल पर एक बोझ लिए उठा लाती है

नीला कलम, हल्का भूरा कागज़ और रोशनी के लिए मेज़ पर रखा लैम्प उठा
लाती है बिस्तर पर
पास बैठाती है झबरी बिल्ली
और कम्बल में ठन्डे पड़े पांव इस लालच में दुबका लेती है कि दिल धड़कता रहे
मन नहीं बचाती, मन का तार छेड़ती है
जब दिल के दौरे से मर रहे हैं लोग
मन के मरने से मरती हुई एक औरत का दर्द नहीं दिखता किसी रिपोर्ट में।
सारे डॉक्टर मशीनों के गुलाम बन चुके हैं, सारी दवाएँ बदल चुकी हैं बनियों में।
वैद हकीम और आज़ादी के दीवाने कब के मर चुके हैं।
और तभी एक घूंट वाइन की महक से उसका खत तर हो जाता है
खत जो लिखा जाने को है। मुझे बचाने के लिए। मेरे बाद।

68. आलिंगन

क्योंकि इस विधा में
सदेह मन रोंपती हूँ
तन की भूमि पर
तुम्हारी
इस उम्मीद में कि ऋतु बदलेगी
देर में नहीं
इसी क्षण
बर्फ़ पिघल जाएगी; और किसे पता
अब बसंत ही आ आएगा।
झरोखे से तुम्हारे भीतर
अपनी प्रतिध्वनि सुन सकूँगी।
क्या पता तुम्हारा
कौन-सा क्षण
मुझे छू जाएगा!
आलिंगनबद्ध छांव में
नहीं कर पाती भेद
तुम में और शिशु में अथवा शावक में
नहीं चीन्ह पाती
तुम्हारे वक्ष और नदी के वेग में अंतर
यहीं छिपती हूँ
शैशव की ज्ञात स्मृति में।
अतीत के घोषित अपराध
कल्पना के मलमल से
छान कर यहीं पीती हूँ।
वृद्धावस्था की टेक-सी आश्वस्ति

मुझे मिलती है यहीं।
आलिंगन
क्योंकि इससे अधिक
कोई भाषा नहीं जानती
जिस में
स्वदेह से पत्र लिख कर
कह सकूँ तुम से
कि हूँ मैं तुम्हारे समीप
और स्वयं से अधिक विश्वास है मुझे
तुम पर।

69. शुद्धता की चिंता में

मैं भूल गई थी
कि घर के पास बोली जाने वाली बोली
और मुझसे न समझी जाने वाली बोली भी मेरी बोली हैं
बोली तो उन चिड़ियों की भी मेरी हैं
जिनकी साझा चुहल है सांझ और भोर की बोली।
आवाज़ों में रंभाना, चिचियाना, मिमियाना, कुड़कुड़ाना, भुरभुराना, गुर्राना और
अकेले में बड़बड़ाना भी।
वह भाषा जिसे शुद्धता की सनक थी
घर की सान से बाहर आते ही
बुरी आदत थी, छूट गई।
भाषाई उच्चताबोध ने बड़े दिनों तक मुझे अकेला रखा।
बोली तो गले लगाने और समझ की चक्की है
जो भावनाओं का पिसान ठीक से पीसती है
और संवेदना का मालपुआ जब तक मन के पेट में नहीं पहुंचता
तब तक भूख ही नहीं मिटती।
मेरी भाषा जो अवध के शाक में नमक-सी है
वह अब रेल के एक डिब्बे में भोजपुरी/
मगही बोलते सिपाही से सहजता से पूछ लेती
कहाँ के हैं आप?
उत्तर में जानती हूँ कैसे
अलग बोलियाँ बनाती हैं मेरी भाषा को रईस
वे कोड बनती हैं, गुप्त संदेश उघाड़ती हैं बिना डरे
मेरी भाषा
जब मेरी भाषा में कलाई की-सी गोलाई आ जाती है
जिसे थामकर और आगे बढ़ सकती हूँ

थोड़ी सी नम मेरी यह भाषा
कि सुनकर मनुहार में कोई भी आसानी से जान जाए
यह कौन सा देस है
वही भाषा जब सीमांत तक चली जाती तो भले ही पहचानी नहीं जाती। लेकिन
लगती है ऐसी
जैसे मैं खुद जाकर बैठ गई होऊँ अपनी दस एक सहेलियों के बीच
और मेरी संतान हर सहेली से पूछ रही हो
क्या तुम्हीं हो मेरी माँ?
हाँ तुम्हीं हो। माँ से भी ज़्यादा उतर गई हो। खून में।
मुझे मुझसे मिलवाती हो
अब तुम्हारी चिंता मुझे नहीं है। मुझे अपनी चिंता है
कि कहीं कामकाज और अधिकार की भाषा में उठते-बैठते, लिखते-पढ़ते मैं
अपने सबसे पास की बोली से दूर न चली जाऊँ!
अतीत में जा सकूँ तो पोंछ कर मिटा ही दूँ
वे आग्रह जो शुद्धता के नाम पर
मेरी अपनी भाषा के बीज में
मेरे ही मन की पीठ पर अंकुरित हो गए थे।

70. मोबाइल टावर और कबूतर

कोई कहीं से – किसी संदर्भ में
बिना प्रसंग राग आलापता है
कोई मनमाफिक सुनता है–बखानता है
तुम्हें सुने–इतना कौन फालतू है!
तुम्हारा लिखाई का कौशल
सुसाइड–नोट्स लिखने के काम आता है
कागज़ अब ज़रा कम खपता है। हर जगह अंगूठा चलता है।
रोना चाहते हो–लिखने लगते हो
कोई पढ़कर फोन पर समझाता है–किसी और को
इन दिनों–इसी को भावार्थ कहते हैं।
भावना के लोप का युग बोध होने से भी
मंदिरों में भीड़ है
भीड़ बढ़ती जाती है
मैं कुशलक्षेम नहीं लिखती
समाचार नहीं बताती
पत्र लिखने का पात्र बचा नहीं है पास
हर दुमाही तिमाही कुछ घटता है।
इस शोर में एक नया शोर यह है
कि फरवरी महीने में आठवीं दसवीं बारहवीं के छात्र भावार्थ रटते हैं
आजकल कविता या गद्य कौन पढ़ता है जबतक सिर पर आसमान नहीं टूटता
कहावतें कहानियों–सी नहीं लगतीं
फिर एक दिन देह में तुम्हें कान महसूस होते हैं
जिनमें किसी आवाज़ के नाप के कुण्डल फिट नहीं होते
कभी कान बड़ा पड़ता है कभी आवाज़
जब अंधेरा उबासी लेता है लगता है रात आ गई

लगता है मगर बादल हैं और हवा चलने पर चांद हिलता है
आसपास लोहे के पहाड़ दिखते हैं सन्न खड़े खोखले सीढ़ीनुमा और आज्ञाकारी
कोई आसान सुबह होती है
कठिन हो जाती है
कबूतर बैठते हैं वहाँ
तुम्हारी गाड़ियों पर बीट करते हैं
भगाने पर भी नहीं उड़ते
कोई नहीं पालता उन्हें
फिर भी इंतज़ार है

युग का हर कबूतर
बेरोजगार है।

71. क्रूएलेस्ट मंथ

(बकौल टी एस इलियट)

सन् दो हज़ार चौदह की किसी दोपहर में
जब नया एंड्रॉयड फ़ोन खरीदवाया था मुझे
उसी बरस मेरी बहन घर से भाग कर प्रेम विवाह करने को थी
दस बरस आगे किसी मेज पर
आमने-सामने बैठकर मुझे
मां-पिता को
आलोक धन्वा की 'भागी हुई लड़कियाँ' सुनानी थी।

यह अप्रैल था। थोड़ा तफ़सील से कहूँ तो बकौल मिस्टर टी एस एलियट
जो एप्रिल है वो क्रूएलेस्ट मंथ है
उस की अनाम और क्रूर दोपहरियों में
मैं व्हाट्सएप जैसी सुविधाजनक डाक को
फैली आंखों से देखती हुई
सूचनाओं के भंवर में फंसने को ही थी
कि ऐसी ही किसी दोपहर में
विभाग के ग्रुप में एक स्त्री की नहाती हुई मुद्राओं की तस्वीरें तड़तड़ करती फ़ोन के रास्ते मेरे ज़ेहन में आ गिरीं-

मैं औरत थी तो नंगी औरत को देखने में मुझे क्या दिलचस्पी थी?
हाँ इतना ज़रूर था कि है कौन वह , जिसने ऐसी हरकत की थी। विभागीय जमघट में शोर बरपा और सवाल उठने लगे।
तड़कता रोष, फड़फड़ाती आपत्तियाँ आने लगीं। मसलन
'ये क्या तरीका है?'
'क्या अभद्रता है?'
'अशोभनीय!' 'अशालीन!' 'हद है!'

'कौन हैं आप जिन्होंने ऐसी तस्वीरें यहाँ साझा कर दीं?'
देर तक सवाल ही सवाल दिखे
फिर दिखती रही तस्वीर
एक औरत नंगी –
औसत-सा वह गुसलखानेनुमा ढांचा
लोहे की बाल्टी,स्टील का लोटा
गुसलखाने को बांटती ईंट की दीवाल की आड़
ओट से झांकता बच्चा
शायद उस औरत का बच्चा, मैंने सोचा
'गलती से ये तस्वीरें यहाँ भेज दीं। माफ़ी चाहती हूँ।'
पर आप ने ऐसी तस्वीरें खींची ही क्यों?
सवाल तैर रहा था
मुझे नहीं पता
आगे क्या हुआ कहानी का
भीतर एक बेचैनी रही
कि औरत उन तस्वीरों को अपने प्रेमी को भेज रही थी
अंधा भरोसा करती थी
भरोसे के भरोसे खुद को परोस बैठी
भीड़ के सामने
फैसला सुनाए जाने के लिए
नंगा और नहाया हुआ
पानी निचुड़ता फैसला
निचाट उत्तर भारतीय गहरी गठरी देह पर
कुछ तीन साल के बच्चे की तांकाझाँकी की गवाही के साथ
कि आखिर प्यार के लिए
आजकल की पढ़ी-लिखी औरतें कमाती हैं पर
इतना बलबलाती क्यों हैं?
चुपचाप नहीं जी सकतीं?
तभी व्हाट्सएप खंडपीठ का फ़ैसला आया-
बाहर निकलती औरतें पथभ्रष्ट हो चुकी हैं।
सोचती हूँ
सन् चौदह की खाप पंचायत के फ़ैसले के बाद
उस औरत का क्या हुआ?
जो हुआ होगा सो हुआ होगा
लेकिन एक सवाल है जो

चमकीली मछली बनकर
हवा में सांस ले रहा है
'पर ऐसी तस्वीरें खींची क्यों?'
जवाब किसी को पता हो शायद

72. नींद टूटती है तंद्रा नहीं

कि तभी याद आया मैं जाग रही हूँ!
जो कुछ सालों पहले तक
सो रही थी
मैं भी हँस रही थी
इन्ही के बीच
इस अल्हड़पन में
कि यह जो चुटकुली बात कहकर
इस कमरे में
गुदगुदाए गए हैं
हम सब के पेट
वह बात
हर घर की रसोई से निकलती है
और कहीं नहीं जाती। घूमती रहती है। खत्म नहीं होती।
नींद टूटती है। तन्द्रा नहीं।
साथ बैठी स्त्री मुझसे पूछती है
तुम्हें हँसी क्यों नहीं आती!
मैं उसे क्यों नहीं बता देती
कि पहले मुझे भी आ जाती थी
ऐसी बातों पे हँसी।
ग़ालिब दिल्ली में कहीं रहता था।
पाँच सौ कोस दूर मेरे अंदर यह कौन जाग गया है!

73. अब हम बच्चे नहीं थे

प्यार कोई रास्ता तो नहीं था
जो चलकर नाप लिया जाता
और
'प्यार था'
ऐसा कहने में
जितना मिल रहा है प्यार
उतना तो प्यार में होते हुए भी
पता नहीं था।
रोते हुए भी आलिंगन का सा सुख था
और चुप बैठने में थी
लगातार बोलते जाने की बदतमीजी
कि ऐसा ही पागल होता है
बुखार के जैसा
जिसमें पूरी देह गमकती है
जैसे अंधेरे में कोई इच्छा
अब लगता है कि
प्यार झरोखा था-
जिस से हमने साथ साथ झांका था
खुला आसमान देखा था
संवारे थे अपने पंख और सजाए थे
अपने पक्षी होने के स्वर्णिम सपने
या के मकड़जाल
या के इंद्रजाल
तो जब वह इंद्रजाल ही था-
सम्मोहन बचा रहे मात्र इसलिए

सब स्मृति में बसकर
छूटना ही था।
कांच नहीं था तो क्या!-
मन था-सो टूटना ही था
टूटने पर
रोया नहीं करते
अब हम बच्चे नहीं थे...
असमंजस में
इतने ही उदास
रहते हैं
समझदार लोग
कि रोते नहीं। मांगते नहीं। कहते नहीं।
शिकायत नहीं करते।
हाँ मगर हम उम्र भर
प्यार के लिए छटपटा सकते थे
सच छुपा सकते थे।
आज भी
एक लंबी यंत्रणा को
कमर से लपेटे हुए
काट सकते हैं रात को
बिना आरी की धार लिए जैसे
आँख बंद किए बिना जैसे
मर सकते हैं
और लग सकते हैं
कि अभी भी हैं हम दोनों
ज़िंदा।

74. महज़ इसलिए

उसे प्यार करने लगी मैं
प्यार नहीं; प्यार जैसा
जिसके मानी प्यार जैसा प्यार
महज़ इसलिए कि वह तारीख़ की सुर्ख़ियों में नज़र आने वाला बंदा था
महज़ इसलिए, उसकी छपी हुई तस्वीर इत्तेफ़ाकन मुझसे टकराई
या कौंधी रेस्तरां के कोने तक की कुर्सी पर ठहर गई मेरी नज़र
महज़ इसलिए कि मुझ तक पहुंचा उसका नाम जैसे नाम पहुंचा प्रिंसेस डायना,
मदर टेरीसा, या अब्राहम लिंकन का।
वरना गिनती की उंगलियों पर छपी लकीरों की तरह
कितने ही लोग रहते थे धुंध में ढके
मेरे आसपास उस नाम के या उस से भी आकर्षक नामकरण हुए थे जिनके
महज़ जिसके नाम से आता था हर शनिवार कोई टी वी प्रोग्राम
महज़ इसलिए कि कोई चोट कब आ लगे
कौन-सा दिन हो पहला, बारिश का
या रोज़ एक समय पर घर से बाहर निकलना लेकिन
पहुंचने का समय अलग हो जाना हर रोज़
सब कितना अनिश्चित होता अगर मेरा जन्म ही न हुआ होता
या मुझ में घर से भागने का हौसला होता
या होता खिलाफ़त का बिगुल बजाने लायक़ कलेजा
पर मुझे जो बुनियादी चीज़ें मयस्सर नहीं हुईं
महज़ इसलिए कि वे सब मौजूद थीं उसके पास, उसके अंदर
महज़ इसलिए कि कोई कारण नहीं है
महज़ इसलिए कि कहने को कुछ भी नहीं है
मेरे पास जवाब के बतौर अगर कोई पूछे कि क्यों?
सिवा इसके कि मैं प्यार करने के लिए बनी थी।

75. महीन कृत्य

महीन कृत्य हैं प्रेम के
एक बाल की धार काट रही है आँख
दृश्य भेद कर बदल रहे हैं मनुष्य
बाइबिल की कहानी है दोहराती हुई
एडम का अपराध प्रेम नहीं, विश्वास था
दंड में एडम रक्तबीज हो गया है
रास्तों में बढ़ रही हैं कोशिकाएँ
भीड़ है जो बाइबिल नहीं छोड़ती
विश्वास छोड़ देती है
प्रेम छूट जाता है अनाथ
भटकटैया का शैशव
पीला जवान कोमल भंगुर
लहर पर बनता है बुलबुला
जिसने त्वचा पर यथार्थ के सारे रंग सजाए ही
कि झोंके में हवा चूमकर उसके सारे रंग उड़ा गई है
बुलबुला न होकर भी है। होकर भी नहीं है।
धूप है कहानी में
एडम की साथिन की प्रतिरूप हूँ
भोगती हुई विश्वास के दण्ड
मैं जल रही हूँ।
आग में पानी के रंग हैं।
बुलबुले हैं गंध के।
हवा अब भी चूम कर मन को हल्का किए जाती है
इस तरह छुपाती है हवा
प्रेम में किए अपराध।

76. पानी के लिए

पानी की धमकी पर लड़ा जाएगा तीसरा महायुद्ध
पानी जो बहता है अनवरत। रुकता है तो काई हो जाता है।
रहता है तो कचरा बन जाता है।
रोक दिया जाता है पानी।
प्यासा तड़पा कर मारने के लिए।
कुओं के सूखने के बाद
पानी जो कभी खींचा जाता था घर की नाली के पास के टुल्लू पंप से।
घरेलू सप्लाई कभी आती थी, कभी-कभी आती ही रहती थी।
ज़्यादातर नहीं आती थी।
पाइप लाइन फट जाती थी तब
वे कतार में खड़े पानी का करते थे इंतज़ार।
टैंकर आते थे।
टैंकर विश्वयुद्ध में भी आते हैं।
बारूद से भरे पानी से खाली। युद्ध के लिए।
युद्ध जो होने को है। पानी रोकने के बाद लड़ा जाएगा।
संदर्भ के बाद प्रसंग आएगा।
अभी छोटी मोटी लड़ाइयाँ हैं।
एक घर जल चुका है। एक जल रहा है। तीसरा जलने को है।
एक शहर बस रहा है। एक शहर मिट चुका है नक्शे से।
मिट तो खैर पहले भी कई शहर चुके हैं।
जैसे पेंसिल से लिखे हुए शब्द हों
इस तरह मिटाए गए हैं
कि बदल गए हैं नाम। उन शहरों में अब रहवासी नहीं।
है तो मलबा धुआं और गुबार है।
जिन्होंने बाढ़ का एक दिन पर निबंध लिखा और नहीं देखी बाढ़ कभी

वे पानी की मार देखना चाहते हैं कम अज़ कम एक बार
जिन्होंने सिर्फ़ इतिहास की लड़ाइयों की तारीखों का रट्टा मारा
वे देखना चाहते हैं कम अज़ कम एक विश्वयुद्ध
वे लड़ना चाहते हैं। जज़्बे को साबित करना।
दिल चीर कर देशभक्ति दिखाना
उन्हें लगता है किसी तारीख़ को नोटिस आएगा उनके दरवाज़े पर
फिर वे जूते मोजे कमीज़ पतलून बेल्ट टाई पहनेंगे
कंधे पर रायफल लटकाएंगे
और युद्ध के मैदान में चले जाएंगे।
युद्ध एक रोमांस की तरह लगता है या सपने की तरह
उनके पास नहीं है
दिन का खर्च करने और रात का
पेट भरने के पैसे।
किताबें खरीदने और पढ़ने,
फिल्म देखने,
संगीत सुनने का अवकाश।
खून की जाँच कराने,
साथी का इलाज करवाने,
अपना एक घर बनवाने की रकम।
उनके पास प्यार करने का वक्त नहीं है।
प्यार जताने का वक्त, प्यार से देखने का वक्त भी नहीं है।
वे रोज़ लड़ रहे हैं दो रुपए बचाने के लिए
रिक्शे वाले से। पांच रुपए पर भिड़ रहे हैं रेहड़ी वाले से।
वे अपने घर की ओर जा रहे हैं।
पानी से आधी भरी आधी खाली बोतल
बज रही है झोले में
युद्ध के बिगुल की जैसी

77. जैसा चल रहा है

ऐसे ही चलता रहा अगर
तो आने वाला कोई दिन ऐसा होगा
कि पड़ोस में इमारत गिर जाएगी
मेरा मतलब है पड़ोसी के सिर पर आसमान टूटेगा
और मुझे लगेगा कि मेरा आसमान अभी ठीकठाक है।
मेरा सब कुछ अभी सही-सलामत है।
फ़िक्र की अभी कोई बात नहीं है
और नींद पूरी करने के लिए मैं बिस्तरदोज़ हो जाऊँगी।
फिर सुबह यह होगा कि
कोई लाश अगर राह चलते रास्ता रोकेगी भी
तो तय है कि वह ज़मीन पर बेड़ी-बेड़ी होगी।
मैं एक लंबा डग भरकर उसे महासमुद्र-सा लांघ जाऊँगी।
एक अन्य पृथ्वी पर पहुँचूंगी
जहाँ भावुक होने के लिए घास की नोंक बराबर भी
किसी ने किसी को छुआ नहीं होगा। वहाँ
पहुँच जाऊँगी अपनी नौकरी पर
समय का कांटा हद से आगे खिसकने से पहले
आगे बढ़ूंगी और
नौकरी से अपना सगा रिश्ता बचा ले जाऊँगी।
रात की वापसी में
घर के बाहर घर के अंदर का सोच लूंगी
और घर के अंदर-घर के और अंदर का
मतलब कि गुसलखाने और दीवानखाने का
सफ़ाई का, आराम का, तसल्ली का
और तारीख़ की अगली गिरह तक सब होगा ख़ुशफ़हम।

इसलिए
क्योंकि सुबह की उस लाश को तो बचाया नहीं जा सकता।
उसे भूल जाऊँगी।
जब खिड़की से उठता हुआ धुआं देखूंगी
तो दो कश लगाने शायद मैं भी पहली मंज़िल पर पहुँच जाऊँगी
कविता वगैरह का इस सब से वैसे भी कोई सरोकार नहीं रह गया है।
कवियों से उम्मीद है कि वे प्यार बचाएं
प्यार के लिए कविताएँ लिखें। संसद छोड़ें। संसार लिखें।
लगता है कभी नहीं आएगी वह–जिस सुबह की–
कब से तलाश है।
तब खुद को समझाऊँगी
याद दिलाऊँगी
कि मुझसे कब पूरी हुई है किसी की उम्मीद!
मानसून की पहली बारिश जैसी–मैं
एकदम अप्रत्याशित–
अचकचाई हुई शब्द से छिटककर दूर हो जाऊँगी
तब इस मंच के परदे के पीछे से निकलूंगी–
और उस किसी और पृथ्वी से भी आगे –
फिर कहीं और बढ़ जाऊँगी।

78. पंक्चर बनाने वाले के हाथ देखते हुए

जब पंक्चर बनवाना आया तब जानना आया
कि कितनी क्रियाएँ मुझसे और कुछ तुमसे भी
अनदेखी छूटेंगीं
देखने/न देखने से बेपरवाह ये क्रियाएँ कहीं
रुकेंगी नहीं
मिसाल के तौर पर धरती घूमेगी तो घूमेगी
मेरे साथ बैठकर तुम्हें भी लगेगा
सूरज डूब रहा है जो डूबेगा तो पर डूबेगा कभी नहीं
गोया हमारी उम्र होगी जितनी उतने दिनों तक तो नहीं
आधी आधी दुनिया होगी
मैं और तुम आधे या आधे के आधे
मसलन कभी प्यार नहीं किया होगा
किया होगा तो जताया नहीं होगा
जताया भी तो पाने के ऊहापोह में उसे खोया होगा
कभी चप्पू नहीं चलाया होगा
या कभी डूबे नहीं होगे
गोता लगाना और गुलाटी खाना
किसी को बचाना आया होगा तो छोड़ना नहीं आया होगा
अगर रोना नहीं आया होगा तो बेशक रुलाना आया होगा
पौधा रोंपते हाथों की मिट्टी साफ करते हुए कभी खयाल नहीं आया होगा
पंक्चर बनाते दो रूखे सिलेटी हाथों का
अगर ध्यान में कभी पंक्चर बनाते गर्द से सने हाथों का ध्यान आया भी होगा
तो पंक्चर बनाना तो नहीं आया होगा।
पंक्चर बनाना उपयोगी क्रिया है–
धुंधली किंतु गतिमान और महत्वहीन किंतु महीन

नगण्य मेहनताने में
एक मछुआरे के कृत्य की तरह
जैसे एक कहार की कोशिश से अलग है संगतराश का काम
एक कुम्हार का काम एक पिता से एकदम अलग है
एक नर्तक के पांव नहीं हैं चार महीने के बच्चे की तरह नर्म, गुदगुदे और गुलाबी
एक घसियारे एक खानबदोश एक तबलची एक नाविक एक पादरी एक वकील
और एक फोटोग्राफर
आज तक किसी दर्ज़ी ने नहीं सिला चिड़ीमार के मतलब का जाल
किसी ने नहीं देखा कोई ईश्वर
इस खेप में
पंक्चर बनाते हाथ
पचास का नोट थाम लेते हैं बिना देखे कि इन्हें देने वाला कौन है
थामते हुए दोपहिया ध्यान आया
कि नहीं पूछा उससे उसका नाम
बस सोचा
नाम न पूछना भी तो एक क्रिया है।

79. तुम मुझे हर जगह दिखते हो

अब तुम मुझे हर जगह दिखते हो
हर अत्याचार में मैं तुम्हें सोचकर सिहर उठती हूँ
हर घटना मेरे रोओं से खाल के भीतर पहुंचती हुई लगती है मुझे
लगता है मेरे नाखूनों पर कीलें घोंप कर मैं सलीब को ढोते हुए,
एक मेले में खो गई हूँ
लगता है कोई डरावना सपना देख रही हूँ याकि भरमाई हुई
तस्वीर के अंदर किसी मुंडेर पर तुम्हें बैठाकर भूल गई हूँ
लगता है धक्का-हर बार-धक्कामुक्की में देखते हुए एक लंबी कतार को
लगता है कि तुम अभी मेरे गर्भ में हो और मेरा सातवां महीना चल रहा है
सतमासे में पैदा हुओं को बचाना कितना मुश्किल होता है!
लगता है कि इन सब बातों का मर्म कैसे पहुँचा पाऊँगी तुम तक
इसलिए दो और माह तक तुम्हें अपनी देह की ओट में छिपाकर इन तमाम क्रूरताओं में झोंकने से बचना चाहती हूँ
ये ठीक तो नहीं है कि तुम्हें बहुत ही कड़वी और जहरीली इस सदी में नीली पड़ती दुनिया में लाने का अपराध मेरा ही है –
पर मैं जब तुम्हारे जितनी थी तब मेरे जितनी चिंता मेरे लिए करने वाला न तो युग था न समाज न परिवार ही था
देखो तो कितने दूर आ गए हैं हम दोनों-एक दूसरे को थामे हुए
लोगों को देखो तो ये हमें इस धुंधलके में प्रेमी प्रेमिका समझने लगे हैं
उन्हें समझ नहीं आ सकेगा कि कद में छोटी
जो धुंधली छाया अब लगभग मिटने को है
वह तुम्हारी माँ है
और तुम्हें इस घुप् अंधेरे में अकेला छोड़ते बहुत घबराती है
पर चाहे अनचाहे ही सही
तुम्हें घायल होने से बचा नहीं सकती

क्या करे वह!
तुम्हें बड़प्पन सिखाने का कोई दूसरा रास्ता नहीं है
सिवा इसके कि तुम्हारी थामी हुई उंगली को धीमे से समेट कर
तुम्हें आगे बढ़ता देखती रहे।
किसी मोड़ के आने तक।

८०. कहो धन्यवाद

लंबी यात्रा से लौटने और यात्रा के भीतर छूट जाने के बीच बंधे संयम और व्यवहार के धागों से मुक्त रखती है जो
वह ठोकर जो तुम्हें बचा लेती है, वह जड़ जो तुम्हें थामे रहती है
उसे कहो धन्यवाद
उसे नहीं–जो दृश्य के फंटे से बांधकर रखे,
साँस न आने के धुएँ से भरी स्मृति
रुलाए–और रोने ना दे
पढ़ने में, लिखने में, देखने, सूंघने और घोलकर देह से लगाए फिरने में...
नहीं ले रही उसका नाम
नाम लेने से यश–अपयश बराबरी में बढ़ता है,
हमारे इधर कहते हैं दिए की कालिख़–सा;
भोर होने तलक मंद–मंद तम बढ़ता है
तब कहीं भक्क् से जले का निशान छोड़, बुझ जाता है, मरता नहीं
अवशेष के पास अजर पीड़ा है, अवसाद की मृत्यु नहीं है
तुम उसे सुख कहो, दुःख कहो, धर्म, मर्म कहो,
कला कहो, साहित्य कहो, रंग कहो रोशनी कहो
उस में अंतरिक्ष खोज लो या उसे संभावनाशून्य कहो
अन्धकार में होकर भी, मैं नहीं थामने को पुकारूँगी दूजे किसी हाथ को
वह कौंध रही है भीतर जाने भूख है कि प्यास है
कह सकते हो अगर, तो इस कह सकने को कहो धन्यवाद
वह समय की परछाई है,
उम्र के ढलने के बाद
प्रेम की पीठ से उतर दूसरी दिशा में बढ़ रही है
तुम धरते हो पांव इस अंधेरे में,
उतने मिट रहे हो

तुम्हारे मिटे भाग का कहो धन्यवाद
बलिवैश्वदेव यज्ञ में आहुतियों के साथ उतरे पुण्य-पिपासु देवताओं की तरह-
कहीं से आ ही जाते हो
झांकने समय के एक द्वार से इस द्वार में
तुम से मांगे धन्यवाद के वस्त्र में रख रही हूँ,
रख रही हूँ नमक-हीन
अपने आप को।
एक साथ समय की कितनी तहों में पाई गई हूँ,
पर इस तरह, कहीं नहीं रही हूँ अपरिहार्य
रहने दो अनुराग, बुझ जाने दो, चले जाने दो
बस कहो धन्यवाद

81. इस तरह लोकतन्त्र

इस तरह चला लोकतंत्र
घुटनों के बल नहीं
घिसटते हुए नहीं
चला लोकशाही के कपड़े पहन कर
अफसरशाही के जिस्म पर
तानाशाही को गरियाते हुए
मतलब से गरम मुट्ठियाँ बांधते
दबते ढंकते बचते और बचत करते
चला कोष्ठक में राजतंत्र
चला शर्तों में लोकतन्त्र
इस तरह चला कि लगा हम नौकरी पर हैं
सुबह निकलते हैं शाम को घर लौट आते हैं
लगा कि हम सूरज हैं
हम परिंदे हैं
हम आज़ाद हैं
हम चपरासी हैं, बाबू हैं, सफाई कर्मी हैं
या कि
हम हैं दिहाड़ी के मज़दूर
लगा कि हम कमाकर लाते हैं
लगा कि हम घर चलाते हैं
हमने प्रधानों के घर पर पानी भरा
उनकी पत्नियों को बाज़ार हाट कराई,
नाती पोतों को गोद में खिलाया
हमने अफसरों के घरों के लिए सुबह-शाम की तरकारी खरीदी
गरीब मज़लूम को

जेब से एक हरा नोट निकालने तक--घूरा
मीटिंग में देर से आने पर या--न आने पर भी हमने
हॉल को भरमाए रखा
लगने ही नहीं दिया कि किसी की कमी है
हमने मनोरंजन किया
हमने इंतज़ाम किया
हमने किया इन्तज़ार
सुबह का शाम का
दिन का
वेतन का
वेतन में बढ़ोत्तरी का
ओहदे का
साहब की थपकी का
और साहब की ज़ुबान पर-अपना नाम चढ़ने का भी
बढ़ती हुई कीमतों पर हमने किसानों को गरियाया
कहा
कि लतियाने के भूत बतियाने से नहीं मानते
हमने साहब की कुर्सी पर सफ़ेद तौलिया बिछाया,
अपनी पहाड़-यात्रा वाली छुट्टी के दिन हमने उनकी पीक थूकने के लिए खास बरतन खरीदा
हर सालाना जलसे में अपने गले को रखा हमने
सबसे चमकदार और बेदाग़
तो इस तरह चला--लोकतंत्र
घुटनों के बल पर नहीं
साहब के तलवों तले

82. अपना घर

रसोई समेटते हुए अचानक
लोहे की भारी कड़ाही
हाथ से छूट कर
फ़र्श पर गिरती है
और
रात की नीरवता में
वह आवाज़
घुल कर
शान्त हो जाती है
याद आता है कि
अभी अगर अपने घर में होती
तो दालान में सोते हुए पिता की नींद टूट न जाती!
फिर
रात भर,
उन्हें नींद नहीं आती
तब लगता है कि
अच्छा हुआ
जो अपने घर में नहीं हूँ
तभी याद आता है
अपने घर में ही तो हूँ।

83. कनपटी पर एक सफ़ेद बाल

क्या मेरी कनपटी पर एक सफ़ेद बाल दिखाई दिया?
मुझे यह सवाल तुमसे पूछने का सँकोच है
कि मुझे पूछना पड़ता है बताने के लिए
कि मैं बीते दिनों की बात होने वाली हूँ
आने वाले किसी दिन के लिए
उस दिए की तरह फिज़ूल में खर्च होती गई मैं
जिसे गिरजे में या मंदिर में
या उस जगह पर दिन की रौशनी में जलाया गया
जहाँ अंधेरा था ही नहीं
इस देह की कालिख इतनी बेकार गई
कि जब रात घिरने को हो आई
तब मैं तुमसे पूछने को तत्पर हूँ
कि क्यों ऐसा जी करता है-कहीं छिप जाऊँ?

कि धूप मलती रही इन पर अपनी हथेलियाँ
धौल-धप्पा खेलती रहीं चिंताएँ
हर एक बरस, हर मौसम, हर दिन
ये ढीठ चमड़ी हर रँग को चख कर छोड़ देती रही
आयु का परम धर्म है कि वह दीखे...यह तुम्हारा
ओढ़ा हुआ कोई चद्दर नहीं
कि जी में आया रंगवाया और
जी में आया बदल लिया
इस पर कालिख उलीच
मैं दफना भी सकती हूँ
ये सवाल

पर एक भरपूर जवान देह का
शिथिल देह की तरफ़ बढ़ना
और एक हल्के धुंधले मटमैले और धूसर रँग की सीढ़ी चढ़ते दिखना
और पहाड़ जितनी ये शर्म कैसी है!
मगर देखो कितनी देर से जन्म सका है यह सवाल
कि तब तक दूसरी कनपटी पर भी
दिखने लगा एक सफ़ेद बाल

84. गुमशुदा की तलाश

कुछ पल को तो रही उस आदमी के नैन-नक्श की काली सफ़ेद याद
मेरे ध्यान में
जो तस्वीर में था वह अंतिम आदमी जिसे
मैंने देखा नहीं देखकर भी
वह शरीर में था भी और नहीं भी था
तस्वीर थी। पोस्टर में थी तस्वीर।
पोस्टर दीवाल पर था। चस्पां। ज़ाहिरन लेई से लपेटा हुआ होगा।
अकेली नहीं थी मैं जिसने उसे देखा
या शायद अकेली थी मैं जिसने उसे देखा
लोग देखते ही देखते जाते हैं
क्या से क्या देखने की सदी में पोस्टर देखना
एक नालायकी हुई न!
देखने की जगहें भ्रमित हैं कि वे बढ़ती हैं कि घट रही हैं।
जैसे जन्मदिन हों। बच्चा योजनाएँ बनाता है। तारीख़ भ्रमित है
कि उम्र घटती है कि बढ़ती है।
कुछ पल तो रहे थे
उस आदमी के नैन-नक्श मेरे ध्यान में
मैं याद के कटोरे में चिल्लर-सा उसे रख, बढ़ गई
मैं भ्रम में थी कि मैंने उसे देखा कि नहीं देखा
कि कहीं देखूं तो पहचान पाऊँ कि नहीं पहचानूं
उसे बताऊँ कि वे तुम्हें खोजते हैं।
लोग उस दीवाल पर पास जाकर हल्के होते हैं
सट-से जाते हैं हल्के होने के लिए
नीचे देखते हैं आसपास देखते हुए
बस उसकी वह तस्वीर नहीं देखते ताज़े पोस्टर में

जो झांकती है दीवाल से
रहती है दीवाल पे
सहती गरमी जाड़ा पतझड़ और दिन-रात
और बरसात-बरसात-बरसात
'गुमशुदा की तलाश'

85. दिल्ली अमरबेल है

ऐसा लगा दिल्ली जहाँ मजदूरी करने जाते हैं यूपी से लोग
बिहार से वॉचमैनी करने, दफ्तरों की
राजस्थान से मेवाड़ के लोग दक्षिण दिल्ली में हरे पीले ऑटो चलाने
सवारी ढोने डेढ़ सौ रुपया प्रति फेरी कमाने आते हैं।
इधर आनंद विहार की तरफ़ यू.पी. बिहार ऑटो चलाता है
आवाज़ें लगाता है पर ध्यान से
कौशांबी से आनंद विहार के बीच फ्लाई ओवर के नीचे की
सड़क पार नहीं करता
'चालान कटता है मैडम!'
नोएडा में ऑटो वाला भी यही नियम पालन करता है

हम दो लोग बोटैनिकल गार्डन पर उतरते हैं और
दूसरा व्यक्ति ऑटो पकड़कर दिल्ली के किसी इलाके में जाना चाहता है।
सेक्टर में बंटे हैं
दिल्ली भी नोएडा भी गुड़गांव भी
कोई किसी और हद में दख़ल नहीं दे सकता
यह लोकसभा का चुनाव नहीं है
कि किसी ब्रैंड एंबेसडर को कुछ भी बोलने करने घूमने का लाइसेंस हो
पता है वह नहीं जा पाएगा
दिल्ली के अंदर घुसने का रास्ता मेट्रो है या पांव या रोडवेज या फ़िर रेलवे
इतनी औकात कहाँ है ऑटो वाले की कि वह तुम्हें बगैर चालान कटवाए मध्य
दिल्ली तक लिए जाए
तुम ऑटो वाले पर झल्लाते हो कि पहले नहीं बता सकते थे
ऑटो चलाता लड़का तुम पर चिल्ला सकता था। नहीं चिल्लाया। समझ गया तुम
अभी दिल्ली में नए हो।

आगे जाओगे तो ओला बुक करोगे
कोई पंजाबी आएगा तुम्हारे लिए सफ़ेद ऑल्टो लेकर
ओ टी पी बताकर बैठोगे
थकान और बोरियत मिटाने के लिए तुम्हीं उसे पूछोगे। वह नहीं।
कहाँ से हो भईया
बताएगा– पंजाब से मैडम।
एम बी ए किया हुआ है
नौकरी नहीं मिल रही तब तक यही काम कर रहा हूँ।
शौक है मुझे गाड़ी में हवाखोरी करने का
एसी चालू है और बाहर की हवा अंदर नहीं आ रही।
और कार के अंदर एसी की ठंडी हवा में सांस भरते
तुम आज़ाद हो
कि इस शहर को चाहो
याकि इसके हाल पर इसे छोड़ दो
और वापस लौट आओ
लेकिन इतना जान लो कि यहाँ आए बगैर तुम्हारा गुज़ारा नहीं
यह बढ़ता जाता है।
फैलता और पसरता।
एक दिन यह तुम्हारी जगह तक पहुंच सकता है।
दिल्ली अमरबेल है।

86. पिता का पहला जन्मदिन

माँ के हिस्से अब वे सारी बातें भी आ गईं जो पिता से की जानी थीं
जैसे बातें नहीं हों वे, कोई बेहद ज़रूरी काम हों
इतना ज़रूरी काम कि जैसे रात को सोने से पहले एक गिलास पानी में धनिया
बीज भिगोना फिर सोना
सुबह उबालना उसे और छानकर पी लेना
वरना सूज जाती है यह देह
जाने इतना पानी क्यों पी लेती है कि कहीं थमती नहीं इसकी प्यास
माँ के हिस्से अब पिता के हिस्से की भी प्यास आ गई है
पिता के हिस्से का गिलास भर पानी भी
पिता के हिस्से का गुस्सा और शिकायतें
पिता के हिस्से का रूठ जाना भी और खुद ही मान जाना भी
देर तक देखना वीडियो कॉल पर माँ का चेहरा
और पिता की पसंदीदा अभिनेत्री को याद करना
'पाकीज़ा' में वह अंतिम नाच और खून और कांच
और पिता की पानी भरी हुई उदास नज़रें
फिर से पानी फिर से देह फिर से सूजन
और फिर से नाम
वही नाम अभिनेत्री का वही माँ का नाम
पिता का वह भाग्य देखती हूँ। पिता की पसंद देखती हूँ और समझौता भी।
सिलेटी होती जाती उनकी पुतलियों में भरती जाती
माँ की ज़िद
कि दिन ब दिन कमज़ोर पड़ते उस दिल को
दो दौरों पर उसने हाथों से संभाला
जैसे अपने बच्चे को संभालती थी वह खतरनाक निमोनिया के दिनों में
रात भर खांसी उठती, रात भर जागती रात

दिन को भी
और बीते कोई तीस बरस पुरानी एक रात में
लालटेन की लौ में दिन के धुंधले दिखते पिता के चिकनाहट भरे चेहरे को
सोचते हुए याद आना
बाहर की टिपिर-टुपुर और अरबी की सब्ज़ी का स्वाद
थाली में परोसा गिट्टक लगाकर साग और दाल-भात
और फिर पाँचों अंगुलियाँ चाटकर तृप्त हो जाना
फिर लौट आना इस बरस इस तारीख और इस क्षण में
तुरत फुरत उनसे कुछ कह देना उन्हें रुलाने को
और फिर देखते रहना कि अब उन में पिता का-सा गांभीर्य भर गया है
माँ का हो जाना पिता
उस दिन पर
जिस दिन पिता का पहला जन्मदिन है-
पिता के न होने पर

87. बाद पिता के मैं

खाली जगह भरने के लिए
शब्द
शब्द
परवाह का
दिशा का
बचपन का
और ज़िद का
दूसरा कोई शब्द
जिसका वही अर्थ हो वही गंतव्य वही भाव वही संकेत
ऐसा शब्द
पहले भी नहीं था
अब भी नहीं है
आग में राख होने से
सांस का और नब्ज़ का
आवाज़ का और नज़र का
रूठने पर मनाने का
और चिरौरी पर मान जाने का भी
मतलब अब साफ़ हो गया है
ठंडेपन का भी।
गर्मजोशी का भी।
पीछे छूटे हर सामान का भी।
रास्ते की आदत का और पुरानेपन की पहचान का भी।
फीके स्वाद को समझना
महज़ एक दिन में
डायबिटीज को बीस सालों तक पीते रहने का

धीमे चलने का मतलब दिल की धड़कनों को बढ़ने न देना बारह बरस तक
शायद पिता की व्याप्ति का उजाला सिमट जाना ऐसा ही होता होगा
या ऐसा शायद सिर्फ़ मेरे लिए है
संभव है यह बस चार दिन का वैराग्य हो
जो बाहर से बस कुछ दिन फूटेगा
पर शायद, भीतर रहेगा।
जैसा पिता में भी रहा होगा उनके पिता के बाद
पीढ़ी दर पीढ़ी
पिछले पिता के बाद अगला पिता
दीवार में उग आए पीपल की जड़-सा
या सूखी नदी के घटते घाट की चटकन जैसा
या ऊँची लपट से भरी आंख के आंसू की तरह
आसमान किसी फिसलन से लुढ़का और
फैल कर ज़मीन तक आ गया है
पर्यायों की दुनिया खारिज करने के लिए
बाद पिता के मैं
अचानक उम्र में खुद को बड़ी लगने लगी हूँ
मृत्यु के बहुत करीब पा रही हूँ खुद को
बाद पिता के रहने का
शायद यही एक तरीका होता है।

88. बंटवारा

अब मैं एक बंटवारा कर सकती हूँ
यह दुनिया का नक्शा नहीं है-उम्र का है
इस साल जब मैं चालीस की हो गई
इतना जिया हुआ यह जीवन है। मेरा जिया -
इतना तुम्हारे साथ
इतना तुम्हारे बिना
इतना तुम्हारे बाद
प्यार के कितने बनावटी चेहरे हैं इस भूल-भुलइया में
लेकिन मैं तुम्हें ही खोजती रही बराबर
तुम रहे
साथ-असाथ
रहे बने और ठहरे हुए
मुझे थामे हुए
किसी अनदीखे धागे से
जैसे कठपुतली का तमाशा हो
और नाचती हों तुम्हारी उंगलियाँ
आसमान में
और मंच पर थिरकता हो मेरा जीवन-मन
तुम पिता ...
'हो' और 'थे' के बीच, मेरे पास
चुनने की मुझे कोई दुविधा नहीं है
मैं 'हो' को ही चुनती हूँ
तो क्या हुआ, जो अब, तुम नहीं हो।
तुम पिता... रिक्ति को रिक्त ही रहने दूंगी
बस इतना ही कहूँगी।

इस तरह जैसे आगे बढ़ती रहूँगी और
एक-एक दिन के सूरज का उजाला
मेरे एक-एक केश पर छाता चला जाएगा
एक सफ़ेद छप्पर मानों माथे पर बर्फ़ गिरती-जमती हो
तुम मेरे बुढ़ापे की कल्पना भी न कर पाओगे
कोई न कोई एक रोज़ जाता जाएगा
तुम्हारे चले हुए उस रास्ते पर
और तुम मुझे देखने भी नहीं आओगे
तब भी नहीं जब
मैं सबसे खतरनाक मोड़ पर लड़खड़ाऊँगी
गिर जाऊँगी याद करते कि अब तुम नहीं हो
हर जाने के बाद
अब से मैं बंटवारा कर पाऊँगी शायद
ईमानदार और सच्चा
शायद कह सकूँगी कि यह जीवन है। मेरा।
इतना इनके साथ
इतना इनके बगैर
इतना उनके साथ
इतना उनके बगैर
इतना फिर उतना फिर इतना फिर उतना
दूरी का यह भयावह भान
कभी गड्डमड्ड होकर मिट जाएगा।
जब कोई कहेगा
मेरे लिए
कि उसका जीवन इतना
मेरे साथ बीता
और इतना बीता
मेरे बगैर...।

89. कि कोई स्वदेश दीपक थे

गुमशुदगी के इश्तेहार में
बाप जैसे चेहरे को सिगरेट तिरछे होंठ से दबाए खड़े गले का डेनिम जैकेट पहने तुमने कभी देखा है?
या नहीं देखा।
वहीं जहाँ दीवारों से अमोनिया का भभूका उठता है तेज़ तुर्श नाक को चीर देने वाले नश्तर जैसा यूरिया का बहाव।
उसके ऊपर कहीं नज़र उठाकर देखने की ज़हमत अगर करते तो शायद पा लेते।
मेरे पास न इश्तेहार देने की कुव्वत है न दीवार पर अपनी प्राकृतिक आवाज़ उतारने की
पर यकीन जानो उन्हीं में कहीं रहते हैं वो
जिनका नाम तमाम मांडू नहीं देखने वालों में शामिल है
तस्वीर में शायद बरसों बरस तक सूंघते रहे होंगे वहाँ बिखरे घूरे की सड़ांध
और मांगते रहे होंगे अपने लिए मुक्ति
मुक्तिकामी पिता भी यद्यपि आसानी से छोड़कर घर
कहीं जाते नहीं। आधे घण्टे में सब्जी भरा झोला लिए लौट आते हैं नानखटाई के गर्म बिस्कुटों का लिफ़ाफा साथ में थामे
देर तक अगर जाते हैं तब खलते हैं कमी बनकर
कहाँ गए
अभी यहीं थे अब कहाँ गए
इतनी रात हो गई
क्या वे चले गए? क्या वे अभी लौटेंगे? या कभी नहीं लौटेंगे?
तब पितृसत्ता नहीं, कोई सत्ता नहीं–सिर्फ़ पिता याद रहते हैं। पिता।
पिता भी तरह तरह से जाते हैं
कई बार तो बचपन में देर रात तक नहीं लौटते
और फिर अचानक से जैसे जेब में हाथ डालते हुए मिल जाते हैं

जैसे सपने में खो जाते हैं और आँख खोलते ही सामने मिलते हैं
एक दोस्त के पिता घर से कहीं चले गए थे
जैसे स्वदेश दीपक गए
वे भी पिता थे दो बच्चों के
कभी नहीं लौटे। वह दोस्त कनागतों में संशय में रहता था
कि क्या पुण्यतिथि पर रस्म निभानी है
उनके नाम का तिल कुशा पानी का अर्घ्य देना है
और नहीं देना तो कहाँ खोजनी है उनकी निशानदेही
क्या उनको मरा हुआ मान लेना है
ऐसे लोग कहाँ चले जाते हैं जो सुबह की सैर पर निकलें
और किसी खोह में जा बैठें
जैसे मुझे अक्सर ही लगता है कि
कहीं किसी दिन मैं ही कहीं के लिए निकल जाऊँ
कहाँ के लिए, यह किसे बताऊँ
ज़िंदा होते हुए मरकर जाने वाला
किसी बेडौल खाँचे की तरह कहीं फिट नहीं होता
बहुत झुकने के बाद कभी तो रीढ़ को सीधी करता है
पर खुद को सह नहीं पाता औरों की तरह
और चला जाता है।
मुर्दे को यह सुविधा नहीं
मुर्दे नहीं सीधी कर पाते रीढ़ बल्कि धकेले जाते हैं
रीढ़ और गर्दन और पिंडलियाँ और पंजे
एक सीध में लगाकर
कसकर बांधकर कि कहीं गिरे नहीं हिले तक नहीं
वह शव
मेरे दोस्त के पिता किसी बात पर नाराज़ होकर गए, तो नहीं लौटे
मेरे विद्यार्थी की माँ पति की मार खाकर चिथड़े पहने हुई गई तो नहीं लौटी
जो मैं गई क्या जाने मैं जा ही न पाऊँ
या क्या जाने लौट आऊँ! या न लौट सकी तो कहाँ जाऊँगी?
खामखां कहा साइंसदानों ने दुनिया गोल है
सीधे रास्तों पर चलते लोग भी नहीं जान पाए जब घर लौटने का रास्ता
तो दुनिया कैसे होगी गोल
दीवार पर गुमशुदाओं की तस्वीर वाले गुलाबी, सफ़ेद, हरे और पीले पर्चों के
बीच कोई नहीं तलाशता
कि कौन लौटा और कौन नहीं

घर से रूठकर निकले लोगों के मरने की खबर तक नहीं लौटी
अगरचे एक सच ये भी है कि प्यार में डूबी हुई शादीशुदा औरत अगर घर से निकली
तो भागी हुई करार दी गई
मगर क्या भागते भागते वह कहीं थकी नहीं?
थकी तो उसे प्रेम का सिरहाना मिला भी कि नहीं!
बहरहाल दोस्त के पिता अब तक नहीं लौटे
न ज़िन्दा न मुर्दा।
ठीक मांडू न देखने वाले लेखक की तरह
क्या जाने मायाविनी का शिकार होने के रेगिस्तान में रेत के दलदल में धंसकर
कहीं और निकल गए
इस दुनिया से किसी दूसरी दुनिया की ओर
पांव के हल्के से फिसलने से
शिकार हुए लोग जैसे धुआं हो गए।
धुआं जो अभी था, अभी नहीं है।
ऐसे जैसे कभी था नहीं
इस धुएँ और उस धुएँ में फ़र्क़ है।
लकड़ी और कोयले की राख की तरह का
फ़र्क़ है न लौटने में और न लौटने में।
कोई स्वदेश दीपक भी थे कभी जो ऐसे गए कि फिर कभी नहीं लौटे
शायद समय के किसी आयाम में फंस कर देख रहे हैं हमें
शायद कभी लौटें।
क्या इतना प्रेम पा गए उस दुनिया में
कि फूल गंध में बदल गए या
कहाँ गए-क्या नाम को परे धकेलते
गुमनामी में मर गए?

90. बीती सदी के पिता

बीती सदी के वे पिता
जो नहीं लगा पाए
छाती से खुलकर
अपनी बेटियों को
वे आजकल फोन पर
बच्चों की तरह
सुबक पड़ते हैं
वे चाहते हैं कि
विदाई के बाद बिटिया को
उनकी गीली आवाज़ से पता न लग जाए कहीं
उनकी रुलाई का
और अगर वे जान भी जाएँ उनकी उदासी
तो फिर भी पिता छिपा ले जाएँ
अपना सीला अफ़सोस
अपनी नज़र के कमज़ोर होने के साथ
उनका दिल भी कमज़ोर हो गया है
इतना कमज़ोर कि उनका आवाज़ छिपाने का नाटक भी कमज़ोर पड़ जाता है
और बिटिया को पता चल जाता है
उनके अफ़सोस का
वे बिटिया दिवस जैसा कोई आयोजन नहीं मनाते
वे तारीखों में कुछ नहीं बांचते
वे बस हर सुबह शाम घर की सूनी चौखट को निहारते हैं
जहाँ कभी लैम्प जला कर रखती थीं
उस दशक की बेटियाँ
स्पर्श की भाषा बेटियों के प्रति

ज़रा सा कम जानते हैं
बीती हुई सदी के पिता
वे जिन्हें लोगों के कहने पर लगने लग गया था
बिटिया अब सयानी हो गई
आँचल लेने वाली और
देखने लगे थे अपनी एड़ी के दख़ल का घर
वे आज करते हैं अफ़सोस, मगर
आवाज़ भर कर कहते नहीं
कि तुम्हें समय से पहले ब्याह दिया हमने
कुछ दिन रोक सकते थे
हम खिला सकते थे तुम्हें
कुछ और दिन अपने साथ अपनी थाली में
दे सकते थे तुम्हारे सिर पर अपना हाथ
और कह सकते थे
कि चाहो तो उड़ सकती हो तुम
बिटिया!
मैं हूँ ना तुम्हारे साथ।
गुज़र चुकी सदी के आठवें दशक के पिता
आजकल
घबराहट से भरे
अचानक बहुत सुबह
फोन मिला देते हैं।
पूछते बाद में हैं
पहले बता देते हैं कि
बड़ी याद आ रही थी तुम्हारी...
तुम कैसी हो?

91. झोलाछाप आदमी पर छापे

किसी गाँव कस्बे के दिखते
आदमी ने एक बार बीच में शायद
'झोलाछाप वालों पर छापे' कहा
फिर एक लम्बी चुप्पी के बाद
फोनकॉल काट दिया।
बस में तापमान इतना था
कि भट्टी जलती हुई लग रही थी।
पर संवाद का एक हिस्सा सुन लेने के बाद
उस पिता के चेहरे पर, और अब
मेरे चेहरे पर भी
(जिसे खिड़की के काँच में उस समय के अभी में)
मैंने देखा था
किसी पहाड़ी से लौटने का श्रम पिघलता दिख रहा था।
जो बह रहा था वह उस ठण्डी न होती रात का
फ़क़त पसीना नहीं था। कुछ और था।
शायद अतीत था
या शायद आदमी का झोला
या शायद झोला टाँगने का जुगाड़
एक झोलाछाप आदमी
किस तरह ज़िन्दगी गुज़ारता है?
कम पढ़ा, कम सोचता और कम बुरी हैंड राइटिंग वाला
किस्मत का मारा कोई आदमी
अपनी लम्बी उम्र पर्चियाँ लिखने में काट देता है
एक नाज़ुक तार पर संतुलन बनाए
एक अपमानजनक सम्मान पर

जो कब सम्मान और अपमान की अदल-बदल कर लेगा
वह नहीं जानता-वह इसे जानने से भी डरता है।
कमाई के ज़रिए के लिए एक झोले की आड़ में
बहुत कुछ छिपा लेता है कुटुंब-परिवार से।
कुछ न कुछ दिखा लेता है बाहर समाज को
जिसे वह इज़्ज़त आबरू का नाम देता है
जो उसकी जेब को कभी पूरा नहीं भर पाती
क्या इससे कोई फ़र्क़ पड़ता है
कि वह गली गली सूनी दोपहरों में भटकता
आवाज़ लगाता कोई फेरी वाला है
या नुक्कड़दरी में किराए की अंधेरे से भरे
गुमनाम दवाखाने का कथित डॉक्टर
दोनों ही के घर के बच्चों में भूख है।
इसी से झोलाछाप आदमी क्रांति की बात नहीं करता।
वह समय नहीं गंवा पाता बदलाव की बातों में
उसके सीले हुए अंगोछे में पसीने की गन्ध कम
एक छिपे हुए जीवन के अदृश्य आँसू ज़्यादा थे
बोझ के उतरने जैसा एक स्वीकार था-
कि ग़लत काम तो आख़िर ग़लत होता है।
उसके नेपथ्य से बाहर निकल कर मैं
कैसे कह देती
कि इस में कुछ ग़लत नहीं था।
जब बच्चों को भूख लगती हो
तो कुछ बापों को फेरियाँ लगाना होता है
तो कुछ को सस्ती दवाइयाँ बेचना होता है
इन बापों को बच्चों के बचपन में
अपने झोले से ही अवकाश नहीं मिलता
इनके बच्चों का
रोटी, बिस्तर, तारे, बादल और धूप सधा आकाश सब इनके झोले में रहता है
इनमें कोई जादूगर नहीं दिखता
इन्हें कोई क्रांतिकारी नहीं कहता
क्रांति की बात सोच ही कहाँ पाता है
एक झोलाछाप आदमी!

92. पुण्यतिथि

जाते हुए को धकेलते हुए
सब कुछ सहलाती है
दुनिया बदल जाती है अनजाने में-जानी हुई
साथ बैठे इक्का-दुक्का स्वरों की जीभ से
छिलती हैं लवें कानों की
होता है रिसाव- है समय का यह कौन-सा भाव-
समझ-नासमझी में कौन-सा फर्क
-कि यह नदी है या पोखर
अब सब कुछ अनुमान में ढल गया है।
जीवन कुछ समय पहले था
अब जीवन है से था में बदल गया है।
चिड़िया बोल रही है। हाँ चिड़िया ही होगी।
पत्ते टूट रहे हैं। पत्ते ही होंगे।
हटते हैं अब स्पंदनों से!
देह कुम्हला गई।
ठंडी और सांवली उम्र हथेली से छुई नहीं जा रही।
शायद वे हैं...यहीं-या होंगे यहीं कहीं।
या आएंगे-नहीं
नहीं तो आते रहेंगे कहीं ना कहीं।
तारीखें केवल अदालतों में नहीं
पुण्य में बदल जाया करती है तारीख
कहते हुए कि यही था अवदान
यही पुण्य था। यही था जीवन का सामान।
जो बदल गया है
पुण्यतिथि में

93. अब मां से बचती हूँ

अब मां से बचती हूँ
मेरे ऋण इतने बोझिल हो चुके हैं कि
उसके कंधे झुके हुए दिख रहे हैं
वह वृद्ध नहीं हुई है, जब युवा नहीं हो सकी वह
उसके जीवन में नहीं आया कोई प्रेमी
न प्रेम आया
पिता आए। मेरे पिता।
उसकी दृष्टि की जांच नहीं करता कोई नेत्रालय
वह अपना चश्मा कहीं रख कर भूल आई है
अब कोरी आँख है आँख के सामने
और है जन्मा अजन्मा चिरंतन स्वर
एक अनकही विधि है
गढ़ने की प्राचीन तरल शैली
दृष्टि नहीं आंच है मानो
मानो मेरे आवेगी दुःख उसे खींच लेंगे चुंबक की तरह
और मैं पृथ्वी हो जाऊँगी उसके लिए
मां तो है पहले से
पृथ्वी पर उगा एक पेड़
जिस पर सब रहता है
एक चिड़िया की राहत के लिए
पर कैसे कहूँ मैं चिड़िया नहीं हूँ
वन्या नहीं हूँ पर जंगल हैं मेरे भीतर
मनुष्यों में स्त्री हूँ मैं
ये उभरे हुए वक्ष और तनाव भरे स्तन बताते हैं

94. माँ नहा रही है

माँ नहा रही है
स्त्रोत-पाठ करते हुए
गुसलखाने से बाहर तक
आवाज़ आ रही है

बरामदे से सुन रही हूँ वह स्तुति
याद कर रही हूँ इस तरह की गूँजती सुबह
कितने बरस बाद आई है
इस तरह इस आवाज़ में
स्तुति पाठ सुनने की

थरथराती, कंपाती, नहाती माँ की आवाज़
जनवरी के पहले हफ़्ते की प्रार्थना।
छीजती हुई कराह पर मनुहार
अशरण को शरण में लेने की गुहार
खुद को आधीन, पापी, नीच बताती
किसी अनदेखे को सर्वोच्च कहती
दीन दुःखी आर्त्त भोर की वंदना

कौन वह अनदेखा है
जिसे खोजते बचपने से
अब तक सुनती हूँ मैं
कि माँ उसे बुलाए जा रही है
वह आता नहीं फिर भी गाए जा रही है
इतने करुण भाव वह सुनता नहीं है
माँ है कि अखण्ड भाव से सुनाए जा रही

बुलाती रहेगी। या डिग उठेगी।
वह भक्ति कर बैठी है या प्रेम

कैसे कर सकती है प्रेम
स्वांग ज़रूर कर सकती है
मित्र नहीं–सखा नहीं
–अपना कोई भी नहीं मानती हुई
बीती तारीख की तरह भुला देती हुई
पर याद रखती है
ज़रा चुटकी भर
चिकोटी–सा
कि दे सके उलाहना
कि कठिन समय आन पड़ा
फिर भी तुम कभी आ न सके
मुझे अपना होना जता न सके।

माँ ऐसे नहा रही है
कि पिता थे तब भी पुकारती थी
पिता नहीं हैं तब भी पुकारती जा रही है
वह निरंतर बुला रही है।

माँ नहा रही है

भीतर वह वस्त्रहीन
याकि भीगे वसन में त्वचा
रही होगी बचा
छू रही होगी भुजा, कंधा, पिंडलियां
फींच देना चाहती होगी
दसों अंगुलियाँ
अपने अचेतन तक का मैल
देह भूल कर जिसे पुकारे जा रही है
वय में पक चुकी वह - नहा रही है
आत्मा से कौन–सा अमिट राग गा रही है

किसे पुकार रही है जब माँ नहा रही है।

95. माँएँ कहीं नहीं थीं

वे प्रेमियों के ताप में नहीं पाई गईं
न प्रेमिकाओं के समशीतोष्ण में मिलीं
माँएँ थीं
कि आकाश से गिरी नर्म रात की सारी ओस थीं
ज़मीन में ऐसी खो गईं
जो फिर कहीं नहीं थीं तो कहीं भी नहीं थीं
खुद वहाँ भी नहीं
जहाँ से उनकी पहचान की छाप छूटी थी –
ढोलक के पुरों पर हथेलियों की थाप-सी
प्रेमिकाएँ क्या प्रेमविहीन स्त्रियाँ भी माँएँ नहीं थीं–
बच्चे जनकर भी नहीं
माँएँ कहीं नहीं थीं –अनुभूति के सिवाय
जाने क्या पागल बनाता था हमें–
भटकटैया के फूल के आकर्षण से बंध जाते राहगीर को क्या दिखता है!
जो मैंने प्रसवोपरांत जाना
जब मेरे गर्भ से जन्मे रक्त से लिपटे शिशु ने
मुझे जन्मा और मैं लुढ़क कर
एक नए पौधे के बीज में बदल गई
यह मैं थी जिसे मैं अपनी गोद में सोया देख रही थी
मेरे भीतर बची थी निष्कलुषता, निश्चिंता और अपार बचपना
सो आजन्म खोज में बनी रहना चाहने लगी
प्रेमी को मेरे वक्ष में अपना चेहरा छिपाकर
माँ के स्तनों के स्पर्श को खोजना था
शायद यह ऐसी भूख थी जो मिटाई न जा सकी
जबकि मैं स्वयं आंखों को बन्द किए बहुत बार उस के भीतर वह स्पर्श खोजती

रही थी,
वही अतृप्ति मुझमें भी
कहीं सीखा था उसने कि पुरुष माँ नहीं होते
जबकि माँ होने की शिक्षा मुझे बचपन से मिली थी पर
कोई शिक्षा दे नहीं पाई कुछ
हम दोनों को
अब समय मिलने पर
बहते पानी में अपना चेहरा देखती
और जब तक एक चेहरा पहचान पाती-
वह बह जाता
माँ का मुझमें, मेरे लिए-पाया जाना संदिग्ध हो चला था
मेरी जननी से मेरी माँ सूख कर झड़ गई थी
जैसे ऋतुएँ बीत गईं थीं पर
एक बसंत की स्मृति बच रही थी
बालों, नाखूनों, झुर्रियों और झुकती अकड़ती हड्डियों के दर्द के बीच
अचार बड़ी पापड़ की फिक्र करती, धूप सेकतीं
बूढ़ी औरतों में भी
माँएँ जब रीत गईं तो रीत गईं
फिर कहीं पाई नहीं गईं
प्रेम के इतने छद्म थे समकालीन संसार में
अपनत्व, मैत्री, ममत्व, प्रीति और सहवास के बीच
अंतर खोजने से बेहतर था
माँएँ खोजना
-खोजते रहना-
और निराश हो जाना
एक रात के लिए मिलना
और जी भर देह को छूने चूमने सटाने के बाद
देह में छिपने के स्थान को खोजते हुए
आँखों को मूंद लेना चूमते हुए
आँख खोलकर फिर मिलने का वादा करना
मुड़कर न देखना
और याद करना
वह प्रथम परिचित गोद जो अब वहाँ भी नहीं थी जहाँ की वह गन्ध
अब तक बनी हुई थी
याद में।

96. मेरे लगाए पौधे

मेरे लगाए पौधे
धमकी नहीं देते मुझे छोड़कर जाने की
वे साथ नहीं देते फिर भी रहते हैं साथ जब मैं रहती हूँ उनके पास
वे अपनी जगह पर रहते हैं उपस्थित
हर रोज़ हर पल हर मौसम में
पत्तियों के साथ, पत्तियों के बगैर भी।
अपनी बीमारियों में अपनी अनदेखियों में बिना धूप बिना पानी
वे सूख जाते हैं अपने दुखों में
पर फिर भी वे नहीं हिलते अपनी जगह से
वे इंतज़ार करते हैं। मेरा इंतज़ार
भले ही वे कुछ नहीं कहते हैं मुझसे
पर जब मैं उनके साथ होती हूँ तो लगता है वे मुझे सुनते हैं
वे समझते हैं। समझाते नहीं।
भरे हुए बरतन को भरने का अतिवाद नहीं है उनमें
वे रहने देते हैं मुझे वैसा जैसी मैं हूँ
चाहे मैं सजी संवरी जाऊँ उनके पास चाहे रुआंसी
वे बस साथ होते हैं
छाती में रहती है एक उम्मीद हमेशा उनकी तरफ़ से
कि जब भी मैं उनकी मिट्टी में काम करूंगी
नतीजे आएंगे। वे फूलों से लद जाएंगे।
उनके कांटे भी उन के फूलों को ही बचाने के काम आएंगे
फूल जो तोहफ़े में दिए हैं उन्होंने
इस तरह जैसे फूल मुस्कुराती हुई तस्वीर होते हैं पौधों की।
किसी भाषा की दरकार नहीं है
मेरे लगाए पौधों को

97. चित्र बनाते हुए

चित्र बनाए हैं मैंने
कविताएँ नहीं लिखीं
चित्र बनाते हुए स्मृति की नकल कर बैठती हूँ
जो स्मृति है वह भी मेरी अपनी नहीं
नकल से याद किया है सब
जिसे लिखने से वे मुझे काबिल समझते हैं
तब मुझे अतीत के सारे काबिलों पर संदेह करने का जी होता है।
जी मिचलाता है तो याद आया या तो गर्भ धारण का लक्षण है यह या हीमोग्लोबिन के सिकुड़ने का
जैसे मेरा दिल सिकुड़ गया है तो कायदे से खून को भी और खून में मिले लोहे को भी सिकुड़ना तो था
कहते हैं दिल ही से चलते हैं रिश्ते और प्यार और याद का संसार
तब रिश्ते छोटे पड़ने की तबीयत लिए प्यार की याद और याद में प्यार को भी छोटा पड़ना ही था
यूं सभी को गर्भ धारण के दिनों में जी नहीं मिचलाता
यूं सभी गर्भ धारण करते भी नहीं
औरतें-औरत
बहुवचन-एकवचन
मेरे पुरुष को कैसे लगा होगा कि अब की से उसे गर्भ ठहरा है?
एक चित्र भी ऐसा नहीं था मेरी स्मृति में
चित्र तो दंगे फसाद का भी नहीं था, दंगा मेरे शहर के लिए वर्जित नहीं है, पर मेरे लिए संभव था कि अपनी वर्जनाओं की लज्जा के दिनों में भी
मैं खबरें देखती और पढ़ती और सुनती
देखती और सुनती कि औरत की नंगी देह पर जीत रहा है एक नक्शा
औरत की नंगी देह से हो रहा है गर्भ धारण

औरत की नंगी देह घुमाई जा रही है
मेरी आंखों के आगे किसी राजसभा का चित्र घूमने लगा है
क्या मुझे चक्कर आ रहे हैं?
क्या चक्कर आना भी गर्भ धारण का एक लक्षण है?
क्या तुम्हें भी चक्कर आते हैं? क्या जी मिचलाता है तुम्हारा भी?
क्या तुम वस्त्र के भीतर की देह से नंगे नहीं हो?
क्या तुम गर्भ धारण नहीं कर सकते?
इस चित्र को बनाते हुए मैं कांप उठी हूँ
मेरे उस पुरुष की बनाई संतान से बनती दुनिया –
जो बहुत डरावनी है।

•••

पश्चात्

(प्रथम संग्रह 'स्वप्न के बाहर पाँव' को भारत भूषण अग्रवाल पुरस्कार के लिए पढ़ी गई प्रशस्ति)

स्वप्न के बाहर पाँव की कविताएँ सबसे पहले मेरा ध्यान अपनी ख़ास तरह की विमर्शात्मक और संश्लिष्ट बनावट के नाते आकर्षित करती हैं। इन कविताओं से, ज़्यादातर, इन्द्रियों के स्तर पर नहीं बल्कि बुद्धि के स्तर पर तादात्म्य स्थापित होता है। तमाम कविताओं में एक क़िस्म का वैचारिक संवेग अन्तर्धारा की तरह प्रवाहित है। वे हमें तन्मय बनाने की बजाय ठहरकर सोचने पर बाध्य करती हैं; हमें आत्मचिन्तन की अवस्था में ले जाती हैं। वे, मानो, हमारे विवेक को सम्बोधित हैं, उसी को उत्प्रेरित उद्दीप्त करती हैं।

लेकिन उनकी यह विमर्शात्मकता तर्कमूलक और एकरैखिक नहीं है; उनका तर्क एक तरह के अमूर्तन में विघटित होकर उनकी भूरचना को "टोपोलॉजिकल" बनाता है जो हमारे पढ़ने को, हमारे अवबोध की गति को, बार-बार झटके देकर बहुदिशात्मक बनाती है, हमें एक साथ कई दिशाओं में सोचने को प्रेरित करती है। यही वह चीज़ है जो इनकी बनावट को संश्लिष्टि प्रदान करती है जो यथार्थ के सामान्यज्ञानात्मक विन्यास को उसकी बहुस्तरीय, जटिल और विक्षिप्त प्रतीत होती बनावट से "जक्स्टापोज़" करती है। यही वजह है कि इन कविताओं को पढ़ने के बाद हमारा रोज़मर्रा परिचित यथार्थ एक अप्रत्याशित, अपरिचित शक्ल में उभरता है जिसे ग्रहण करने के लिए पाठक को स्वयं यथार्थ की अपनी समझ को पुनःसमायोजित करना होता है। यथार्थ को लेकर पाठक की जड़ीभूत अभ्यस्ति, समझ और अवबोध को मूलगामी चुनौती देने की कोशिश करने वाली ऐसी कविताएँ प्रिया वर्मा की पीढ़ी में बहुत कम दिखायी देती हैं।

अभी मैंने "विक्षिप्त बनावट" की बात कही है। इन कविताओं के सन्दर्भ में इस पर थोड़ी-सी बढ़त ज़रूरी है। मैं किंचित अतिरंजना करते हुए कहूँगा कि हिन्दी कविता उत्तरोत्तर एक तरह की स्वस्थमनस्कता (sanity) की ओर बढ़ती चली गयी है। जिस अनुपात में वे प्राणी हमारी सभ्यता से, हमारे शहरों से ग़ायब होते चले गये हैं जिन्हें "विक्षिप्त" कहा जाता है, उसी अनुपात में वह चीज़ भी हमारी कविता से ग़ायब होती चली गयी है जिसे "विक्षिप्तता" कहा जाता है और जो मेरी दृष्टि में हर महान कविता का एक लक्षण है। कह सकते हैं कि "स्वस्थमनस्क" विमर्शों की "सभ्यता" में कविता एक "विक्षिप्त" उपस्थिति है। वह अपने विन्यास से "स्वस्थमनस्कता" की हमारी अवधारणा को चुनौती देती है। इस दृष्टि से, प्रिया

वर्मा की कविताएँ ''विक्षिप्तता'' का पुनर्वास करने का प्रयत्न करती हैं- महज़ इस अर्थ में नहीं कि उन्होंने ''पागल'' पर केन्द्रित ''विस्मयादिबोध'' जैसी सुन्दर कविता लिखी है, बल्कि इस अधिक गहरे अर्थ में कि इन कविताओं में अवबोध और अभिव्यक्ति, दोनों ही स्तरों पर ''स्वस्थमनस्क'' विन्यास का प्रतिरोध और विक्षेप की भंगिमाएँ हैं।

जैसाकि मैंने संकेत किया, स्वप्न के बाहर पाँव की कविताओं के सरोकार के दायरे में हमारा आम, रोज़मर्रा यथार्थ है, और यह आम, रोज़मर्रा बहुत विपुल है, जैसाकि अशोक वाजपेयी ने भी इसके ''ब्लर्ब'' पर संकेत किया है : इस ''कविता का वितान विस्तृत है''। ये कविताएँ किन्हीं महत् विषयों या असामान्य अनुभवों पर केन्द्रित नहीं हैं। इनमें बहुत छोटे-छोटे अनुभव, अनुभूतियाँ, पर्यवेक्षण, अवबोध हैं। लेकिन ये अनुभव, अनुभूतियाँ, पर्यवेक्षण और अवबोध जिस तरह इनकी सूक्ष्मता और सूक्ष्म विश्लेषणात्मकता में साधे गये हैं, उससे समूचे संग्रह में व्याप्त इनका यह लाघव एक गौरव का आयाम हासिल कर लेता है। इसमें कोई सन्देह नहीं कि इन कविताओं में रोज़मर्रा यथार्थ के सन्दर्भ हैं, लेकिन वे सन्दर्भों की तात्कालिकता का अतिक्रमण कर अनुभव को उसकी सार्वकालिकता-सार्वभौमिकता की दीप्ति में पकड़ने का उद्यम करती हैं।

एक और ख़ासियत है इन कविताओं की और वह है, इनमें अभिधा का अतिक्रमण। बावजूद इसके कि ये ज़्यादातर अभिधा में ही निबद्ध हैं और उस स्तर पर पर्याप्त बोधगम्य हैं, लेकिन इस अभिधा को तजे या उसका ''तिरस्कार'' किये बग़ैर और अन्योक्तियों और रूपकों का सहारा लिये बग़ैर ये कविताएँ अपनी व्यंजनाओं में खुलती हैं; कभी-कभी उत्प्रेक्षाओं में भी। इस अर्थ में, इन कविताओं में स्त्रीत्व की शक्ति कविता में निहित स्त्रीत्व की शक्तियों, यानी भाषा की शक्तियों, के आह्वान और पुनरान्वेषण में भी निहित है। वे कहती हैं : ''जब भी गिरूँ/कविता की किसी पंक्ति पर अटक जाऊँ''। प्रसंगवश, यहाँ प्रयुक्त उपमा में निहित लाघव भी द्रष्टव्य है : ''जैसे केशों में अटक जाता है बर्फ़ का रेशा/या आँखों में अटक जाता है धुएँ में नहाया दृश्य''। वे ''शब्दों में अनुप्रास, यमक या श्लेष'' का और ''अर्थों में रूपक और उपमा'' का सहारा लेने की बजाय ''विरोधाभास'' का सहारा लेने की आकांक्षा करती हैं। वह विरोधाभास जो यथार्थ का एक मत्त्वपूर्ण लक्षण और उसके काव्यात्मक अवबोध की एक बहुत बड़ी शक्ति है, हालाँकि जिसे समकालीन विमर्श से देशनिकाला दे दिया गया लगता है। इस विरोधाभास को इन कविताओं में बहुत जतन से साधा गया है।

संग्रह की ज़्यादातर कविताएँ आत्मनेपद हैं; उनका आख्याता ''मैं'' है - एक स्त्री ''मैं'' जो जब-तब ''तुम'' - एक पुरुष ''तुम'' - को सम्बोधित हैं। यह ''मैं'' कहीं भी कातर, हीन, आत्मदया से ग्रस्त नहीं है; उसमें स्वाभिमान, आत्मसम्मान, आत्मगौरव का, और कभी-कभी विद्रोह का भाव है, और उस लाघव का भी जिसका ज़िक्र मैंने अभी-अभी किया था : ''बर्फ़ का रेशा'' और ''धुएँ में नहाया दृश्य''। लेकिन उसमें दम्भ नहीं है और न ही जिस ''तुम'' को यह ''मैं'' जब-तब सम्बोधित होता है, वह ''तुम'' आरोप के ''रेह्टॉरिक'' का लक्ष्य है। इसकी बजाय वहाँ गहरी करुणा, सम-वेदना और सह-अनुभूति है। वहाँ ''मैं'' और ''तुम'' को, आत्म और अन्य को, ''निजी और सामाजिक को'' इनके अद्वैत में,

इनकी बराबरी पर पाने की आकांक्षा, और जब-तब उनके द्वित्व, और द्वन्द्व और ग़ैरबराबरी पर होने को लेकर क्षोभ है- फिर ये आत्म और अन्य स्त्री और पुरुष हों, या कवि और पाठक। इस संग्रह की कविताएँ विशेष रूप से स्त्री, स्त्री-पुरुष सम्बन्ध और इस सम्बन्ध की उस संघटना जिसे प्रेम कहा जाता है, की प्रदत्त स्थिति का सामना करती, उससे जूझती, उलझती और ज़िरह करती कविताएँ हैं। लेकिन इस जूझने, उलझने और ज़िरह करने के लक्ष्य पर सिर्फ़ अन्य नहीं स्वयं "मैं" भी है। वे मानवीय सम्बन्धों को दिये गये नामों को भेदकर इन सम्बन्धों के आधारभूत सत्व, यानी मनुष्यत्व पर बल देती कविताएँ हैं, जैसाकि इस कविता में कहा गया है :

मैं और वह पुरुष साथ चल रहे हैं
हम बात कर रहे हैं हँस रहे हैं, खीझ रहे हैं
तस्वीरें ले रहे हैं
हाथ भी थाम ले रहे हैं तेज़ गाड़ी आती है तो दूसरे को बचा भी रहे हैं
शिकायत करते हुए झगड़ भी रहे हैं
मना रहे हैं, रूठ रहे हैं
हम देख रहे हैं, सुन भी रहे हैं
आसपास देखते हुए भी हम आसपास से बेख़बर हैं

यह पहेली नहीं है कि तुम या तुम या कोई तृतीय आकर बूझे
कि हम एक दूसरे के कौन हैं

क्या इतना काफ़ी नहीं है कि हम दो मनुष्य हैं
और क्या इतना काफ़ी नहीं है कि हम दो पशु नहीं हैं
एक नर व एक मादा

यह "समानुपातिक" मनुष्यता और इसकी परम्परा की रचना ही इन कविताओं का अन्वेष्य है।

इस वक्तव्य के अन्त में मैं अपनी लगभग उसी बात को दोहराऊँगा जो मैंने अपनी अनुशंसा के अन्त में कही थी कि '"स्वप्न से बाहर" रखा गया उनका "पाँव, उनका जलता हुआ पाँव, उस थरथराते हुए सीमान्त पर टिका हुआ है, जहाँ कल्पना और यथार्थ, अनुभूति और विचार, अन्तर और बाह्य, "मैं" और "तुम" जैसे अनेक द्वैत परस्पर अतिव्याप्त और अन्तर्गुम्फित हैं।'

- मदन सोनी (वरिष्ठ आलोचक एवम् अनुवादक)

www.ingramcontent.com/pod-product-compliance
Lightning Source LLC
LaVergne TN
LVHW090351051026
849518LV00006B/2107
* 9 7 8 9 3 5 8 6 9 9 1 8 0 *